Klaus Kordon *Stille Tage*

Klaus Kordon

Stille Tage

oder

Lenz feiert Weihnachten

Büchergilde Gutenberg

Für Frank

Inhalt

*

Die kleine Kneipe

*

Alle Weihnachtsfeste in Lenz' Kindheit fanden in einer kleinen Gaststätte im Berliner Norden statt. »Zum Ersten Ehestandsschoppen« stand über dem Eingang. Inhaberin: Loni Meisel. Vorher hatte Loni Lenz da gestanden, noch weiter zurück Loni Becker.

Das Standesamt lag gleich gegenüber, neben einer recht weitläufigen Grünanlage, doch nur selten verlief sich eines der frisch getrauten Paare in den »Ersten Ehestandsschoppen«. Der kleine Freddie Lenz bedauerte das, er fand Heiraten schön. Was aber nichts mit der Mutter zu tun hatte: Ihr erster Mann war mit seinen Schulden nicht fertiggeworden, der zweite – Freddies Vater – im Krieg gefallen, der dritte eine Vernunftssache.

Wie Lenz sich später erinnerte, liefen die Heiligabende seiner Kindheit immer nach dem gleichen Muster ab. Schon der Neunjährige fuhr vormittags nach West-Berlin hinüber, um einzukaufen, was es in Ost-Berlin nicht gab: Apfelsinen, Nüsse, Marzipan, Schokolade, einen Bückling für den Stiefvater, einen Schinkenkäse für die Mutter und ihn. Eine Kneipenbesitzerin nahm auch mal Westgeld ein, und Weihnachten war Weihnachten.

Nach West-Berlin fahren war einfach: Am S-Bahnhof

Prenzlauer Allee in die S-Bahn gestiegen, zwei Stationen gefahren und am S-Bahnhof Gesundbrunnen wieder ausgestiegen. HO Gesundbrunnen nannten die Ostberliner in Anlehnung an die östliche Handelsorganisation HO diesen Stadtteil mit den vielen kleinen Geschäften, in denen es all das gab, was sie in ihrem Teil der Stadt vermißten. Zwischen 1:4 und 1:5 lag damals der Kurs.

Das Westgeld trug Freddie immer in ein Taschentuch verknotet in der linken Hand, die er genauso wie die rechte in die Seitentasche seiner Windjacke geschoben hatte. Er lief immer viel zu dünn angezogen herum; die Kneipe verlangte seiner Mutter zuviel ab; sie hatte kaum Zeit, sich um ihn zu kümmern.

Das mit dem Taschentuch war der simpelste Trick der Welt. Freddie wußte das, doch war er überzeugt davon, daß die Volkspolizisten, sollten sie ihn je kontrollieren, das verbotene Geld auf jeden Fall finden würden. Wozu also ein besseres Versteck suchen?

Was Freddie am Westen mehr imponierte als die vielen kleinen Geschäfte mit all den schönen Dingen, die es in Ost-Berlin nicht gab, waren die Kinos. Er war ein eifriger Kinogänger, sah im Osten die russischen Propagandafilme der Stalinära und in West-Berlin alles, von Gary Cooper bis zu Hans Moser, von Brigitte Bardot bis zu Marika Rökk. Kinos waren die große Flucht aus dem Alltagseinerlei, Kinos wurden seine wahre Heimat, und die Wochenschauen vor den Hauptfilmen seine politische Akademie.

Lenz sagt noch heute: Es gibt keine bessere politische Schulung, als in den fünfziger Jahren in Berlin Kind gewesen zu sein. In West-Berlin verleumdete man die junge DDR, in Ost-Berlin hetzte man in entgegengesetzter Richtung. Kritik war oft angebracht – in beiden Richtungen –, Kritik aber ließ der kalte Krieg nicht zu, nur Propaganda. Ob die Neulehrer der östlichen Schulen oder die knackigen Zeitungsparolen der westlichen Boulevardblätter, die auch Kindern in die Augen sprangen, ob die verschiedenen Rundfunksender der zerstörten Stadt oder eben jene Wochenschauen vor den Hauptfilmen, die Wahrheit war immer das, was der anderen Seite schadete. Da Freddie Lenz in beiden Welten zu Hause war, begriff er das bald. Was er nicht verstand, verriet ihm sein Gefühl.

Daß die Stadt geteilt war, störte Freddie nicht. Er kannte es nicht anders, vermißte nichts. Außerdem wertete die Gegensätzlichkeit der beiden Systeme die Stadt auf, machte sie interessanter und die Menschen hellhöriger. Und jeder Einkauf und jede kleine Schmuggelei ließ das Passieren der Grenze zum Abenteuer werden.

Nein, die Ängste der Erwachsenen konnten nicht Freddies Ängste sein. Ein neuer Krieg erschien ihm sinnlos in einer Stadt, die noch vom letzten gezeichnet war. Er war ein Trümmerkind und wußte: Krieg hatte was mit kaputtmachen zu tun. Hier war bereits alles kaputt, ein neuer Krieg hätte kaum Nahrung gefunden.

Das letzte Weihnachtsfest im »Ersten Ehestandsschoppen« erlebte Lenz im Alter von zwölf Jahren, 1955. Er wird es nie vergessen.

Der 24. Dezember jenen Jahres war ein grauer Tag. Es lag kaum Schnee. Nur ein paar schwarzgraue Flecke säumten die Straßenränder. Freddie fuhr nach West-Berlin hinüber, kaufte die Apfelsinen, die Nüsse, die Schokolade und all das andere, was auf seinem Zettel stand, darunter auch die ewigen Kopfschmerztabletten für die Mutter und das neueste Micky-Maus-Heft, dann fuhr er zurück, stieg am S-Bahnhof Prenzlauer Allee aus und raste neben der Straßenbahn her, bis er den »Ersten Ehestandsschoppen« erreicht hatte. Er liebte es, außer Atem zu Hause anzukommen, fand, daß dann alles mehr lebte, und fühlte sich den Gästen in Mutters Kneipe überlegen.

Die Gaststätte war noch geöffnet, die Stammkundschaft vollzählig versammelt: der kleine jüdische Schneidermeister, der die letzten Nazi-Jahre im Keller des Hauses überlebt hatte – ein gemütlicher Mann, der immer nach Bügeleisen roch; der dicke Schuhladenbesitzer mit dem Dreifachkinn – ein ehemaliger SA-Mann, der seine Angestellte nicht heiratete, weil das steuerlich günstiger war; der sympathische Kürschnermeister, der sich mit dem unsympathischen Elektroladenbesitzer seine kleine dicke Frau teilte, die in vorgerückter Stunde auch schon mal mit hochgehobenem Rock auf dem Tisch tanzte – ein Trio, das Freddies Phantasie von Jahr zu Jahr heftiger beschäftigte; und natürlich Else Güldenthal, die immer in Männerkleidung herumlief, mit einer Freundin »verheiratet« war und von Ost-West-Schiebungen und anderen illegalen Geschäften und Geschäftchen lebte.

Um den großen Stammtisch herum saß sie, diese Clique, die den Krieg überlebt hatte und bei der Mutter feierte – am Heiligabend-Nachmittag und an fast allen anderen Tagen und Abenden der Woche; immer unter dem Lötkolben, der über ihnen an der Wand hing und an dem ein Schild befestigt war: Komm, laß uns noch einen verlöten. Silvesterpunsch, Fasching, lange Nacht, Osterwasser, Himmelfahrt, 30. Mai und Weltuntergang, Bußtag, 1. Advent, Weihnachten – es gab stets neue Gründe für Bier und Schnaps und laute Töne. Die Mutter sagte, daß sie den Gästen dankbar sein mußten, eine Gaststätte ohne Gäste habe keinen Sinn und würde sie nicht ernähren. Das war sicher richtig, Lenz aber erinnert sich dieser Runde aus anderen Gründen voller Dankbarkeit: Um den Stammtisch herum saß ihm die jüngste deutsche Geschichte gegenüber – die Täter, ihr Opfer, die Unpolitischen, die Nutznießer. Sie saßen da und tranken und scherzten miteinander, als hätten die einen dem anderen nicht noch wenige Jahre zuvor ans Leben gewollt. Er lernte in jener Zeit, wie gut, wie schnell, wie rückstandsfrei Menschen vergessen konnten; sogar die Opfer. Er begriff das nicht als Kind, erst später wurde ihm diese Tatsache bewußt; eine Erfahrung, die sein Menschenbild formte.

Natürlich wurde unter dem Lötkolben auch über Politik gesprochen. Auf die Amis wurde geschimpft, auf die Engländer, die Franzosen und den Russen, besonders auf den Russen. Und selbstverständlich war drüben alles gut und das Leben unter dem Russen eine einzige Katastrophe. Freddie saß oft dabei und hörte zu. Und seltsamerweise interessierte ihn das, was die Erwachsenen da sprachen. Ein Phänomen jener Zeit, anders kann sich Lenz diese Neugier heute nicht erklären. Er lachte, wenn die Erwachsenen scherzten und von ihm erwarteten, daß er mitlachte, und er lachte nicht, wenn sie Zoten rissen, die er noch nicht kapieren durfte. Und zwischen all diesem Lachen und Nichtlachen, Zuhören und Kapieren oder Nichtkapieren studierte er sie. Unbewußt, aber gründlich. Er lernte sie zu verstehen und wußte bald, daß er nicht so werden wollte wie sie. Und weil er nicht immer ein guter Schauspieler war, verriet er sich oft, deshalb mochten ihn manche von ihnen nicht.

Auch an jenem 24. Dezember 1955 sah die Stammtischrunde Freddie je nach Sympathie eher mißtrauisch oder freundlich entgegen. »Freddielein«, sagte Else Güldenthal und wollte ihn drücken, »Junior«, sagte der Schneidermeister und blinzelte ihm kameradschaftlich zu. Der dicke Schuhladenbesitzer zog nur die Stirn kraus. Sicher hatte Freddie mal wieder nicht laut genug gegrüßt; er tat nicht gerne etwas, von dem er wußte, daß es von ihm erwartet wurde. Onkel Willi, der Stiefvater, stand in seinem braunen

Zapferjäckchen hinter dem Tresen, die Mutter servierte. Sie hatte Freddie kommen sehen und nickte ihm zu. Freddie warf einen Blick auf den Tannenbaum neben dem Klavier, den er bereits vor Wochen schmücken mußte und der ihm nun schon ein wenig abgenutzt erschien, dann verschwand er durch den langen Flur in die Küche.

Wie alle Kinder freute sich Freddie Lenz auf Heiligabend. Doch ging es ihm nicht um die Geschenke, die er sich, bei dem reichlichen Taschengeld, das er erhielt, oft selbst hätte kaufen können; es ging ihm um den Abend. Es gab keinen gemütlicheren Abend im ganzen Jahr. Zwar war der »Erste Ehestandsschoppen« jeden Dienstag geschlossen, aber wann hatte die Mutter dann schon mal Zeit für ihn? Wenn sie Onkel Willi nicht aus einer der anderen, an den Dienstagen geöffneten Gaststätten holen mußte, saß sie, nachdem sie tagsüber die Kneipe mitsamt der Zapfanlage gereinigt hatte, am Abend über den Papieren: Abrechnungen, Lieferscheine, Steuermeldungen. Onkel Willi hatte für so was kein Talent.

Heiligabend war der einzige Mutterabend, den Freddie hatte. Da las sie ihm am warmen Ofen sitzend aus dem Buch vor, das sie ihm geschenkt hatte, da ging sie mit ihm in die Küche, um den Gänse- oder Entenbraten aus der Backröhre zu ziehen und mit Wasser zu löschen, da sah sie ihn manchmal so nachdenklich an, daß er sich fast von ihr verstanden fühlte. Er verspürte dann jedesmal den Wunsch, mit der

Mutter allein bleiben zu dürfen, diesen Abend und alle anderen Abende auch.

Heiligabend 1955 lag der Braten schon auf dem Küchentisch, am frühen Morgen von guten Bekannten gebracht. Dieses Jahr mal wieder eine Ente. Freddie betrachtete das gelbrosa Fleisch und sah vorsichtig nach, ob noch Eier in dem Kadaver waren. Einmal hatte die Mutter welche in so einem Tier gefunden, das hatte ihn sehr erstaunt.

Die Mutter kam, begutachtete, was Freddie eingekauft hatte, und lobte ihn. Er war ein erfahrener Westeinkäufer, sie hatte nur selten Zeit, zum Gesundbrunnen zu fahren. Dann ging sie an den Herd, füllte zwei Teller Suppe ab und setzte sich zu ihm an den Tisch. Dafür war sonst nie Zeit, Heiligabend war auch das anders.

»Wann schmeißt du sie raus?« Er meinte die Gäste.

»Um vier.«

Er hätte nicht zu fragen brauchen, Heiligabend schloß die Mutter immer nachmittags gegen vier. Und auch wie es weiterging, wußte er: Kaum war der »Erste Ehestandsschoppen« geschlossen, würde sie in die Küche gehen und die Ente vorbereiten. Das wollte er nicht versäumen, das gehörte dazu, war Vorfreude und Gelegenheit, mit der Mutter zusammenzusein. Während die Ente dann langsam braunbrutzelte, würden sie den Kartoffelsalat für den Abend vorbereiten. Mit viel Hering. Gegen sechs war Bescherung; alles wie jedes Jahr.

»Was machst du solange?« fragte die Mutter.

»Lesen.«

»Du liest zuviel.«

Freddie zuckte die Achseln. Die Mutter meinte das nicht ernst. Seit seine Lehrerin da war und zur Mutter gesagt hatte, sie solle ihn um Himmels willen weiter lesen lassen, war mehr Stolz als Vorwurf in ihrer Stimme, wenn sie ihn mahnte, nicht soviel zu lesen.

»Dann werd' ich mal wieder.« Die Mutter seufzte und stand auf. Auch Freddie stand auf. Wenn die Mutter ging, kam Onkel Willi. Er wollte weg sein, bevor der Stiefvater sich hinsetzte, und er aus Anstand, wie Onkel Willi sagte, noch ein bißchen bei ihm sitzen bleiben mußte.

Auf dem langen Flur, der an der Küche vorbei zum Hintereingang der Gaststätte führte, befand sich zwischen Damen- und Herrentoilette eine Kammer, vollgestellt mit altem Gerümpel. Der Billardtisch, der früher mal in der Gaststätte seinen Platz hatte, befand sich darin – seitlich hochgekippt und an die Wand gerückt, seine vier Beine ragten weit in den engen Raum hinein –, alte Schränke, Kisten, Kartons, Teppiche und Lampen. Darunter eine grünliche, reich verzierte Petroleumlampe, sehr groß und geheimnisvoll in ihrem Aussehen – Aladins Wunderlampe, wie Freddie sie heimlich getauft hatte, die er aber nie anzünden durfte.

Er liebte diese Kammer. Hierhin konnte er sich zurückziehen, wenn er niemanden sehen wollte, hier konnte er allein sein, spinnen, träumen, in Wunderwelten entfliehen, Abenteuer bestehen und Sieger sein. Immer war er in seinen Träumen der Sieger, jubelten ihm alle zu, wurde er geliebt. Er war süchtig nach Liebe, Anerkennung, Beifall. Es war so schwer, Liebe zu erringen. Außer der Mutter gab es niemanden, der ihn wirklich mochte. Und daran trug zum großen Teil die Mutter Schuld, die sich zuwenig um ihn kümmerte; ungewaschene Kinder wurden nun mal nicht geliebt.

An jenem Heiligabend wollte Freddie nicht träumen, dazu war die Vorfreude in ihm zu groß. Er zog sich in seine Kammer zurück, um zu warten und sein Micky-Maus-Heft zu genießen; die Weihnachtsausgabe! Die kleine Nachttischlampe auf dem Sims vor dem schmalen Kammerfenster zum Hof spendete genug Licht, daß er die bunten Bilder erkennen und die Texte in den Sprechblasen lesen konnte; für ein Buch hätte er an diesem Nachmittag nicht die Geduld aufgebracht.

Die clevere Micky-Maus mochte Freddie nicht so sehr, die war ihm zu brav, zu lieb, zu bieder. Donald Duck, den verrückten Enterich, den liebte er.

Die Weihnachtsausgabe enthielt eine Weihnachtsgeschichte: Der wieder mal total abgebrannte Donald will zum Fest, wenn er sonst schon keine Freude hat, wenigstens seine Gänsekeule haben. Der reiche und geizige Onkel Dagobert wirft ihn raus, bei dem bekommt er nicht mal den Bratenduft zu riechen. Da kommt Donald eine Idee, er setzt sich eine schwarze Perücke auf und klebt sich einen Schnurrbart auf den Schnabel. Dermaßen verkleidet besucht er Dagobert erneut, stellt sich als französischer oder spanischer Geschäftsmann vor, spricht mit Akzent, spreizt sich und übertreibt, daß es eine Freude ist, und wird von dem ein Geschäftchen witternden Onkel prompt zum Gänsebraten eingeladen. Donald strahlt über seiner Gänsekeule, und Dagobert kriegt vor Freude über das zu erwartende Geschäft Dollaraugen. Mitten in die schönsten gegenseitigen Komplimente hinein aber bleibt Donalds Schnurrbart an der Gänsekeule kleben, der Betrug ist entdeckt, unter Schlägen wird er aus dem Haus gejagt.

War es kalt oder warm in der Kammer? Es war der 24. Dezember, geheizt werden konnten weder die Kammer noch die beiden angrenzenden Toiletten. Lenz kann sich nicht mehr daran erinnern, die Geschichte jedoch, die er an jenem Nachmittag las, hat er nicht vergessen. Er hat sie später überall gesucht, auf Flohmärkten und in Neuausgaben alter Donald-Strips, er hat sie nicht gefunden.

Als Freddie Lenz am Abend wieder aus seiner Kammer auftauchte, hatten die letzten Gäste das Lokal bereits verlassen. Mit der Mutter zusammen stellte er die Tische für die bunten Teller und Geschenke neben den Tannenbaum und legte die Weihnachtsdecke drüber. Die Tanne glänzte nun wieder, jetzt, da sie den Blicken der Gäste entzogen war.

Danach war es wie vorhergefreut: Entenbraten, Kartoffelsalat. Freddie sah der Mutter zu, schmeckte ab, stellte Fragen, nutzte es aus, daß die Mutter Zeit für ihn hatte. Dennoch, er hätte mehr Fragen gehabt;

aber was ihn nun schon seit Jahren bewegte und verwirrte, durfte er nicht fragen, durfte ein Kind vielleicht nicht mal denken.

Wie konnte die Mutter mit Onkel Willi zusammenleben, mit einem Mann, der sie schlug und immer wieder gegen ihren Willen zu ihr ins Bett hinüberstieg? Als sie in der Schule über die Bienen gesprochen hatten, wußte er: die Mutter war eine Arbeiterin, Onkel Willi eine Drohne. Sie ernährte ihn, ließ sich von ihm benutzen und ausnutzen und manchmal sogar verspotten. Aber warum? Sie konnte doch auch allein leben, hatte es oft genug bewiesen. Als ihr erster Mann sich aus Angst vor seinen Gläubigern zu Tode getrunken hatte, führte sie die Gaststätte allein weiter, bezahlte die Schulden und brachte ihre beiden Söhne über den Krieg – Freddies Halbbrüder aus erster Ehe. Ihren zweiten Mann, Herbert Lenz – unehelicher Sohn eines Dienstmädchens, im Waisenhaus aufgewachsen, Maurer, Schläger, sentimental, oft unbeherrscht –, verlor sie im Krieg. Seine Hinterlassenschaft: der dritte Sohn, ein Spätkömmling, Kriegskind, nervös und schon als Säugling unfreundlich.

Die Mutter hatte auch den dritten Jungen mit in den Luftschutzkeller geschleppt und die Kneipe weitergeführt. Nicht mal in den ersten Jahren nach dem Krieg, als es eine noch größere Kunst war, drei Söhne durchzubringen, und die Soldaten der russischen Kommandantura gleich gegenüber ihr das Leben noch zusätzlich schwermachten, hatte sie aufgegeben; da hatte sie gekämpft wie alle anderen, und vielleicht noch ein bißchen mehr. Kapituliert hatte sie erst vor Onkel Willi, dem Rangierer aus Rummelsburg. In seiner dunkelblauen Reichsbahnuniform mit den goldenen Knöpfen hatte er sie an der Theke belagert, und er hatte ihr Speck mitgebracht; Speck aus den Waggons, die er rangieren mußte. Ein billiger Witz, aber in diesem Fall die Wahrheit: Mit Speck fängt man Wirtinnen.

Für Freddie hatte Onkel Willi auch oft was dabeigehabt: Drops. Bonbons gab es in der Zeit nach dem Krieg nur selten, Freddie fand Onkel Willi sehr praktisch. Nicht so die beiden älteren Brüder. Robert flüchtete sich mit achtzehn in eine Ehe, der vierzehnjährige Wolfgang versuchte, den neuen Vater wegzuekeln.

Gegen den Willen der älteren Söhne, gegen all die guten Ratschläge der Nachbarschaft war Onkel Willi Kneipenbesitzer geworden. Und vom ersten Tag an zeigte er, daß er nichts anderes gewollt hatte. Die Kneipe war sein Ziel gewesen, nicht die Mutter.

Wolfgang hatte gegen Onkel Willi gekämpft – und verloren. Ein halbes Jahr nach der Hochzeit war er gestorben. Eine Verkettung vieler unglücklicher Zufälle; aber in dem kleinen Freddie, damals erst sieben, blieb das Gefühl zurück, schuld am Tod des bewunderten Bruders gewesen zu sein. Später sah er das anders: Der Bruder hatte dem neuen Vater Platz gemacht! Ein Zusammenleben der beiden wäre nicht möglich gewesen, einer hatte gehen müssen.

Die Mutter war auch mit diesem Tiefschlag fertig geworden, nur mit Onkel Willi wurde sie nicht fertig. Der tanzte ihr auf der Nase rum, ließ sie arbeiten, benutzte sie. Freddie lernte sein erstes Fremdwort: Egoist! Und er konnte schon bald nicht mehr begreifen, warum dieser Mann noch immer bei ihnen war. Warum war die Mutter, die doch in allem anderen so stark, so tüchtig, so klug war, in dem, was Onkel Willi betraf, so schwach? Wenn er sie nachts unter Onkel Willi stöhnen hörte – wußte sie nicht, daß er sie hörte? Ahnte sie nicht, daß er wach war? Und warum stöhnte sie so? Tat Onkel Willi ihr weh?

Freddie war überzeugt davon, daß der Stiefvater der Mutter Schmerzen zufügte. Und er wußte, daß die Mutter oft nicht wollte, daß Onkel Willi zu ihr kam. Es gab Szenen, die er mit angehört oder beobachtet hatte; Szenen voller Gewalt, die der Stiefvater anwendete, um zum Ziel zu gelangen. Das häufigste Wort in jenen Nächten war: Nein! Wieso aber verzieh die Mutter Onkel Willi immer wieder? Ihr gehörte doch die Kneipe! Hätte sie nicht schon allein seinetwegen konsequenter sein müssen?

Später, seit er zwölf war, versuchte Freddie oft, die Eltern mit Abstand zu betrachten. Was Onkel Willi betraf, war das ein leicht zu bewerkstelligendes Kunststück; das Bild der Mutter sträubt sich noch heute gegen diese Versuche. Noch immer sieht er ihr Gesicht vor sich, ihr müdes Lächeln, ihre Freundlichkeit. Er wird sie nie mit Abstand sehen, und er wird sie nie verstehen können; er wird immer nur Verständnis für sie haben.

Was Freddie Lenz zu jenem Weihnachtsfest geschenkt bekam? Vielleicht einen Pullover, eine neue Hose, irgendein Spiel. Sicher Bücher, die wünschte er sich jedes Jahr. Was er Onkel Willi schenkte? Wahrscheinlich ein paar Zigarren, ein Gehorsamsgeschenk; Weihnachten hatte es friedlich zuzugehen.

Was er seiner Mutter schenkte, weiß er noch: eine Brotschneidemaschine. Er hatte für das Prunkstück mit der hölzernen Handkurbel am gelblackierten Metall nicht lange sparen müssen, trotzdem empfand er dieses immerhin dreißig Mark teure Geschenk als große Überraschung und freute sich darauf, es der Mutter zu überreichen. Die Mutter war dann auch tatsächlich ganz verblüfft gewesen und hatte über ihn lachen müssen. Damals hatte er nur Freude in diesem Lachen gesehen; Jahre später entdeckte er auch einen Hauch Spott darin.

Hatte sie ihm etwas vorgelesen an jenem Heiligabend? Lenz glaubt ja, aber überzeugt ist er nicht davon; wahrscheinlich hat jeder für sich was gelesen – die Mutter die Zeitung, er in einem seiner Bücher. Ganz sicher aber hatte sie ihm nichts mehr vorgesungen, wie sie es manchmal tat, als er noch klein war. Besonders das Lieblingslied seines Vaters hatte er immer wieder hören wollen: »Mamatschi, schenk mir ein Pferdchen ...«

Ein sentimentales, furchtbar kitschiges Lied von einem kleinen Jungen, der seine Mutter um ein Pferdchen bittet und alle möglichen Ersatzpferde geschenkt bekommt. »Mamatschi, solche Pferdchen mag ich nicht«, lautete der Refrain. Eines Tages standen richtige Pferde vor der Tür, die Pferde des Leichenwagens, der die Mutter abholen kam ... »Mamatschi, solche Pferdchen mag ich nicht.«

Der Vater liebte dieses Lied sicher nur deshalb, weil er nie eine Mutter hatte; Freddie mochte es, weil es was mit seinem Vater zu tun hatte. Dieses Lied und die Geschichte, wie der Vater Weihnachten 1943 auf Fronturlaub kam, um sich seinen drei Monate alten Sohn anzusehen, waren das einzige, was er von seinem Vater wußte. Beides stellte er sich immer wieder vor: den Jungen aus dem Lied, der sich ein Pferdchen wünschte und als junger Mann seine Mutter beerdigte, und den Vater, der mit ihm, seinem Sohn, auf der Couch lag – er auf Vaters Bauch, mit seinen Babyhändchen nach den Knöpfen der Uniformjacke greifend.

Der kleine Freddie hatte auch seines Vaters Tod miterlebt: Er selbst in der Rolle des Vaters zwischen zwei anderen Fahnenflüchtigen. Er hatte diese Szene nur geträumt, der Vater war bei Kämpfen umgekommen, aber der Junge hatte die Kugel gespürt, die ihm heiß ins Herz drang, war vor Angst und Hitze aufgewacht und hatte sich gedacht, daß es so gewesen sein mußte.

Nein, an diesem letzten Heiligabend seiner Kindheit hatte die Mutter ihm nichts mehr vorgesungen. Aber wenn Lenz heute daran denkt, ist ihm, als hätte sie es nur vergessen. Er war noch längst nicht zu alt dafür.

Onkel Willi hatte wie immer ein wenig abseits gesessen, ebenfalls in der Zeitung gelesen und dabei Bier und den einen oder anderen Schnaps getrunken. Heiligabend war er immer von einer seltenen Versöhnlichkeit. Als Freddie ihm aus Dank für die Geschenke, mit denen Onkel Willi ja eigentlich nichts zu tun hatte, die Wange küßte, hatte es in seinen Augen geglitzert.

Zum Kartoffelsalat kam Robert, der große Bruder. Die Bescherung feierte er jedesmal bei den Eltern seiner Frau, den Kartoffelsalat nahmen seine Frau und er im »Ersten Ehestandsschoppen« ein. Die kleine Tochter war dabei, nun schon vier Jahre alt. Die große Puppe für den Puppenwagen wurde abgeholt und die Schokoladenplätzchen, die sie so mochte und die Freddie ihr vom Gesundbrunnen mitgebracht hatte.

Robert war elf Jahre älter, für Freddie mehr ein Onkel als ein Bruder. In Freddies Erinnerung gab es deshalb lange Zeit nur Wolfgang; Wolfgang, der so gut Fußball spielen konnte, der ihm Schwimmen und Lesen beibrachte, der Vorbild war, mit dem er Geheimnisse hatte. Später hatte Lenz beim Betrachten älterer Fotos festgestellt, daß Robert es war, der sich zuvor um ihn kümmern mußte. Immer wieder saß der Zwei- oder Dreijährige auf Roberts Schoß, ging er an seiner Hand spazieren, ritt er auf seinem Rükken. Er fragte nach und erfuhr, daß es natürlich der ältere der beiden Brüder war, der den Nachkömmling auf dem Hals hatte und überallhin mitnehmen mußte – was Robert und seinen Freunden sehr lästig war, was er aber auf sich genommen hatte, zuverlässig, ruhig und still, wie er damals schon war.

Oft sucht Lenz in seinem Gedächtnis nach Bildern mit Robert, manchmal wird er fündig: Eine Szene im Bett. Der große Bruder schlief in der Küche der Etagenwohnung im ersten Stock. Da war es kalt; die Mutter hatte keine Zeit, überall zu heizen, und der große Bruder wohl keine Lust dazu. Im Bett aber war es warm, er durfte sich an Robert ankuscheln, und der Bruder erzählte ihm was. Vielleicht eine Geschichte.

Ein anderes Bild: Noch lange, nachdem der große Bruder ausgezogen war, stand im Küchenschrank eine Reihe Bücher – Roberts Bücher, alle in eine Liste eingetragen, streng nach Alphabet geordnet. Ostrowskis »Wie der Stahl gehärtet wurde«, Maxim Gorkis »Die Mutter« und andere Bücher, wie sie jungen Leuten nach dem Krieg in jenem Teil Deutschlands angeboten wurden. Auch Lenz las diese Bücher bald, auch er fertigte später solche Listen an. Hatte er das aus eigenem Antrieb gemacht oder nur übernommen?

Das dritte Bild ist ein Wunschbild: Der große Bruder, wie er Onkel Willi an die Wand drückt und ihm befiehlt, die Mutter nicht mehr zu schlagen. War es wirklich so gewesen – oder hatte nur ein Gespräch zwischen den beiden stattgefunden? Onkel Willi lachte über Robert, wie er über Wolfgang gelacht hatte, dabei war der große Bruder nicht nur jünger, sondern auch viel kräftiger als der Stiefvater. Aber Robert hatte man sagen müssen, daß er mal mit dem Stiefvater reden müsse, Onkel Willi ließ sich von niemandem was sagen, das war der Unterschied.

Gemocht hatte Lenz den älteren Bruder immer. Zu ruhigen Menschen, die gern lasen und freundlich waren, vor allem aber Menschen, die anderen nichts taten, fühlte er sich hingezogen. Mit der Schwägerin war es schwieriger. Die junge Frau sah all die Fehler, die um Freddie herum gemacht wurden, und konnte nicht darüber hinwegsehen. Das machte das Auskommen mit ihr schwer. Auch an jenem Abend. Hatte er zu sehr mit seiner Brotschneidemaschine geprahlt? Er sollte auch das vergessen, nicht vergessen konnte er aber, daß die Schwägerin ihm die Größe seines Geschenks vorwarf. Erst hatte sie was an der Handhabung der Brotschneidemaschine auszusetzen, dann sagte sie, was ihr in Wahrheit nicht gefiel: »Es ist nicht gut, wenn Kinder soviel Geld bekommen.«

Er sprang auf, lief ins Hinterzimmer und schlug die Tür hinter sich zu. Es war ein absichtlich lautes, wütendes Türzuschlagen, über das er selbst erschrak. Heulend warf er sich auf die Couch und preßte das Gesicht ins Kissen. Sie hatte ihm seinen Mutterabend verdorben! Denn natürlich begriff er, daß die Schwägerin in Wahrheit nicht ihn, sondern die Mutter angegriffen hatte. Und viel schlimmer, er ahnte auch schon, daß sie recht damit hatte. Es war taktlos, ausgerechnet an diesem Abend damit anzufangen, aber sie hatte recht mit ihrem Vorwurf.

Die Mutter kam, tröstete ihn. Er dürfe das nicht so ernst nehmen. Die Schwägerin gehöre zu einer Flüchtlingsfamilie, ihre Eltern hätten durch den Krieg alles verloren, müßten ganz von vorn beginnen. »Da ist es schwer mit anzusehen, wenn es anderswo zuviel Geld gibt.«

Zuviel Geld? Die Mutter hatte nicht zuviel Geld, aber sie war großzügig, konnte gar nicht anders. Und sie kaufte sich frei; mit dem Geld, das sie ihm gab – Kino, Bücher, all die anderen Dinge, die ihm Spaß machten –, erleichterte sie sich ihr Gewissen. Sie wußte ja, daß sie nie wirklich für ihn da war.

Es war die Kneipe, die an allem die Schuld trug. Manchmal, in stillen Stunden, träumte die Mutter von einem kleinen Tabakwarenladen. »Um neun Uhr morgens aufmachen, abends um halb sieben schließen, das wär' was! Und sonnabends schon gegen Mittag Schluß machen und sich erst mal ein Stündchen auf die Couch legen ...« Freddie träumte dann mit; ein solches Leben mit der Mutter wünschte er sich auch. An diesem Abend sagte die Mutter etwas anderes: »Ich bin dumm. Ich weiß das. Will einen Fehler mit einem anderen wiedergutmachen ... Aber ich kann doch die Gaststätte nicht aufgeben, nur damit ich mehr Zeit für dich habe. Wovon sollen wir denn leben? Soll ich in meinem Alter etwa noch mal von vorn anfangen, in die Fabrik gehen oder wieder als Serviererin arbeiten?«

Die Mutter war fünfzig, und sie hätte ruhiger und vielleicht auch länger gelebt, wenn sie in die Fabrik gegangen wäre oder wieder als Angestellte gearbeitet hätte. Davon ist Lenz noch heute überzeugt. Der bescheidene Wohlstand, den die Kneipe abwarf, war teuer erkauft. Vor allem aber hätte die Mutter in ihren letzten Jahren einen anderen Mann haben müssen. Da sie die Kneipe behielt und auch den Mann, blieb dieses ihr letztes Weihnachtsfest. Ein Dreivierteljahr später, eine Woche nach Freddies dreizehntem, drei Wochen vor ihrem einundfünfzigsten Geburtstag, starb sie, aufgefressen von zwei Kriegen, drei Männern, drei Söhnen und einer Kneipe.

Lenz verließ den Stiefvater, zog zu Bruder und Schwägerin und verbrachte das nächste Weihnachtsfest innerhalb der Familie seiner Schwägerin; inmitten von Leuten, die nichts gegen ihn hatten, aber auch nichts für ihn – außer Geschenken natürlich.

*

Die halbe Stadt

*

Heiligabend 1961 beging Freddie Lenz in einer kleinen Parterre-Wohnung im dritten Hinterhof einer alten Berliner Mietskaserne. Zwei Monate zuvor, wenige Wochen nach seinem achtzehnten Geburtstag, war er aus dem Jugendheim entlassen worden.

Die Wohnung war kalt. Selbst wenn der Ofen bullerte, einen Meter davon entfernt spürte man nichts. Und es stand nicht viel drin in dem mittelgroßen Raum, den er sich mit einer blassen Blumentapete und vielen mit Reißzwecken an die Wände gehefteten Theaterfotos verschönt hatte, nur ein alter Schrank mit Vitrine in der Mitte – für Bücher –, eine durchgelegene Couch, ein Couchtisch, kein Stuhl. Er hatte das alles von den knapp zweitausend Mark bezahlt, die ihm nach Mutters Tod als Erbteil zugesprochen worden waren. Den Schrank hatte er sich liefern lassen, die Couch auf Anzeige hin gekauft und mit Charly quer durch die Stadt getragen. Wenn sie nicht mehr konnten, hatten sie sich mitten auf dem Bürgersteig auf die Couch gesetzt und erst mal eine geraucht. Die erste Nacht hatte er dann auf der blanken Couch geschlafen, ohne Bettzeug, in Kleidern und nur mit dem Mantel zugedeckt. Zuvor war er spazieren gewesen, bis weit nach Mitternacht. Die ganze Prenzlauer Allee war er hochgewandert, zum Alexanderplatz hin und wieder zurück.

Dieses Gefühl von Freiheit, das er dabei hatte! Die ganze Stadt gehörte ihm, oder richtiger: die halbe. Vor vier Monaten war die Mauer gebaut worden, West-Berlin existierte nur noch im Rundfunk oder Fernsehen. Dennoch: Der junge Lenz fühlte sich in die Freiheit entlassen, mußte nicht mehr um zehn Uhr abends im Heim sein; von jetzt an würde er kommen und gehen, wann er wollte, mußte er selbst auf sich aufpassen, selbst für sich sorgen.

Er drehte an dem kleinen Transistorradio, das auf dem Tisch stand. Ein aktueller Schlager, passend zum Heiligabend, wurde gespielt: »Meint ihr, die Russen wollen Krieg . . .«

Vor vier Monaten hätte es Krieg geben können. Er war nicht in der Stadt gewesen, als Volkspolizisten und Kampfgruppen die Grenze absperrten; zusammen mit den anderen Jugendlichen aus dem Heim hatte er an der Ostsee Ferien gemacht. Erst als sie ein paar Tage später zurückkamen, waren sie zur Schlesischen Brücke gelaufen, hatten sich den Stacheldrahtverhau angesehen und gespottet: Diese »Mauer« würde nicht ewig stehen, vielleicht ein bis zwei Jahre. Kurz darauf verging ihm das Lachen: Hanne, sein bester Freund seit langem, wollte nicht warten. Nur den Gesellenbrief in Empfang nehmen würde er noch, sagte er, dann sei er weg. Über die Mauer. Ob Lenz mitkäme?
Lenz hatte nur den Kopf geschüttelt. Er war nicht

froh über die Mauer, doch er wußte, daß sie notwendig war. Die vielen Flüchtlinge – jeden Tag zweitausend –, die Grenzgänger, die im Westen gut verdienten und im Osten billig lebten, es hatte nicht so weitergehen können. Heute weiß er, daß er den Wettbewerb der Systeme damals vor allem unter sportlichen Aspekten beobachtete; er wollte, daß jener Teil des Landes, in dem er zufällig aufgewachsen war, eine Chance bekam. Mit einer offenen Grenze kam die DDR nie aus den Startlöchern, der kalte Krieg kannte kein *fair play*.

Er hätte das damals nicht so formulieren können, gefühlsmäßig aber dachte er so. Und er war neugierig auf die Veränderungen, die nun in seinem Land vonstatten gehen würden.

Ob er Angst verspürte, als er mit den Jungen vor dem Stacheldrahtverhau stand? Schließlich standen sich an der Grenze Panzer gegenüber – auf westlicher Seite amerikanische, auf östlicher russische. Lenz glaubt nein, doch er weiß noch, daß er in jenem Moment an den 17. Juni 1953 denken mußte, den er als Zehnjähriger miterlebt hatte. Damals war er neben russischen Panzern hergelaufen und hatte am Abend die Gäste im »Ersten Ehestandsschoppen« von einem neuen Krieg reden hören. Er hatte viel nachdenken müssen in jenen Tagen, über Kriege, Väter und Mütter, und irgendwann erkannt, daß Menschen nie wirklich über sich selbst bestimmten, ganz egal, wie erwachsen sie wurden. Wenn er im August 1961 doch Angst verspürte, ließ er sie nicht an sich heran: Ein Atomkrieg war unvorstellbar, den konnte keiner gewinnen, deshalb würde es ihn nicht geben; und ein Krieg der Supermächte würde in jedem Fall ein Atomkrieg werden.

Heiligabend 1961. Im RIAS wurde seit dem frühen Morgen darüber geredet, daß die Deutschen noch nie zuvor in ihrer Geschichte so getrennt gewesen wären. Im Gedenken an ihre ostdeutschen Landsleute sollten die Westberliner Kerzen in die Fenster stellen. Ein Bischof sprang mit Gott über die Mauer, ein Politiker verlangte: »Macht das Tor auf.« Die West-Post verkündete stolz, daß sie noch nie zuvor so viele Pakete und Päckchen befördert hätte wie in dieser Vorweihnachtszeit; die meisten natürlich von West nach Ost – Ersatz für die nicht mehr möglichen Verwandtenbesuche.

Auch Lenz hatte ein Päckchen bekommen – von Tante Grit, Mutters Schwester. Am zwölften August war sie mit Onkel Karl zu Freunden nach West-Berlin gefahren, einfach nur zu Besuch. Am Abend war Onkel Karl unruhig geworden: »Laß uns lieber hier schlafen, ich hab' so'n komisches Gefühl im Bauch.« Sie übernachteten bei den Freunden und erfuhren am nächsten Morgen aus dem Radio, daß Onkel Karls Gefühl nicht getrogen hatte: Ihre Wohnung in Ost-Berlin hatten sie verloren, die kleine Farbenfabrik mit dem Ladengeschäft gerettet.

Lenz hatte das Päckchen bei Tante Grits Schwiegereltern abgeholt. Er besuchte die alten Leute gern, holte ihnen die Kohlen aus dem Keller und ließ sich was erzählen. Er mochte ihre Geschichten aus einer längst vergangenen Zeit, und er mochte die beiden Alten; besonders, wenn sie stritten. Sonst war niemand zu besuchen. Robert war mit Familie in Nordkorea, arbeitete bei der DDR-Botschaft, und andere Verwandtschaft gab es nicht. Oder besser: lebte zu weit entfernt.

Er hatte Oma und Opa Buch versprechen müssen, das Päckchen erst Heiligabend zu öffnen, und er hielt sich dran, obwohl er überzeugt davon war, daß sie ihm soviel Geduld nicht zutrauten, so abgebrannt und hungrig, wie er immer war. Jetzt öffnete er es rasch.

Zigaretten waren in dem Päckchen, Schokolade, Kaffee, ein Stück Schinken. Er steckte sich eine Zigarette an und inhalierte tief. Wenn er im Heim so inhalierte, hatte das halbe Zimmer gekichert. Bis in den kleinen Zeh sog er den Rauch; was er tat, machte er richtig. Deshalb war er auch aus dem Heim geflogen: Er hatte seinen achtzehnten Geburtstag, die Volljährigkeit, zu ausgiebig gefeiert, war in der letzten S-Bahn eingeschlafen und erst in Bernau wieder aufgewacht. Drei Stunden lang hatte er mit den Bahnpolizisten Verstecken gespielt. Der Bahnhof schloß, er sollte runter. Doch er durfte nicht runter, hatte kein Geld für die Rückfahrkarte und wollte den ersten Zug zurück in die Stadt auf dem Bahnsteig abwarten. Natürlich verlor er dieses Spiel, mußte runter in die Wartehalle und am Morgen eine neue Fahrkarte kaufen. Die Frau hinter dem Fahrkartenschalter war nett und lieh ihm die fünfzig Pfennig; ihre Adresse, damit er ihr die halbe Mark zurückzahlen konnte, wollte sie ihm nicht geben. Als er am frühen Morgen ins Heim zurückkam, war alles klar; es war nicht das erste Ding, das er sich leistete; er war achtzehn und durfte gehen.

Der Kaffee. Guter, duftender West-Kaffee. Wenn er jetzt eine Kaffeemühle hätte ... Er öffnete die Tüte und knabberte ein paar Bohnen. So ging's auch. Mit dem Schinken lief er gleich in die Küche, setzte sich an den Tisch schnitt ein Stück Brot ab, legte eine Scheibe Schinken drauf, biß ab, kaute und biß erneut ab. Zwischendurch zog er immer wieder an der Zigarette.

Die Kücheneinrichtung hatte er sich aus Roberts Keller holen dürfen. Genauso die Kohlen. Die Küche war das ordentlichste an seiner Wohnung, die sah aus, als fehlte nichts. Aber sie war ein Eisstall, weil sie an den Hausflur grenzte und er sie nie heizte. Jeden dritten Tag fror ihm die Wasserleitung zu.

Einsamkeit bedeutet Freiheit. In einem Wildwestroman hatte er das mal gelesen; irgendwie fühlte er sich auch so. Einsamer Cowboy oder Espenlaub, eine andere Wahl hatte er nicht.

Er war froh, daß er aus dem Heim raus war. Ein Jahr bei Robert, ein Jahr Kinderheim, drei Jahre Jugendheim reichten. Nirgendwo hatte er sein dürfen, wie er sein wollte, nirgendwo hatte man ihn in den Arm genommen. Auch das hatte er mal gelesen, irgendwo bei Tolstoi oder Dostojewski: Jeder Mensch muß ab und zu in den Arm genommen werden, sonst stirbt sein Herz. Verschrobene Formulierung, aber sicher nicht ganz falsch.

Daß es mit Robert nicht geklappt hatte, war auch seine Schuld. Die Mutter hatte ihm zuviel Freiheit gelassen, bei ihr hatte er gelernt, über sich selbst zu bestimmen, die Schwägerin hatte ihn erziehen wollen. Das konnte nicht gutgehen; es war in Ordnung, daß er ins Heim kam.

Das Kinderheim war eine Fabrik: sechshundert Kinder in vier Häusern, mit eigener Schule, Turnhalle, Krankenstation und Küche. Säuglinge waren da und Jugendliche, darunter Flüchtlingskinder aus Pommern und Schlesien, die ihre Verwandten verloren hatten und weder ihren Namen noch ihr Geburtsdatum kannten, Ausländerkinder, deren Eltern in ihren Heimatländern politisch verfolgt wurden, und Kinder, deren Eltern keine Zeit für sie hatten. Nur wenige waren Spätwaisen wie er. Über ein Jahr lebte er dort zwischen Frühsport und Fahnenappell, Jungen Pionieren und alten Antifaschisten, richtig dazu gehörte er nie.

Lenz setzte Wasser auf, warf einen Brühwürfel in die Tasse und wartete.

Sie hatten ihn nachts bei einem Mädchen erwischt, deshalb mußte er raus aus der Kinderrepublik, irgendwohin, wo es keine Mädchen gab. Dabei hatte er mit Carola nur reden wollen, Händchen halten, nichts anderes. Doch er mußte froh sein, im Jugendheim war's besser. Mitten in der Spree lag sie, die

»Insel der Jugend«, nur durch eine bogenförmige Brücke mit dem Festland verbunden. Dreißig Jungen, alle zwischen vierzehn und achtzehn, viele Robinsons und ein paar Freitags. Gegenüber der Insel lagen zwei Ausflugs- und Tanzlokale: »Zenner« – für die reifere Jugend, »Plänterwald« mit »Fred Ries und seiner Combo« – für die wirklich jungen. An den Sommerwochenenden lagen die Jungen am Wasser, ruderten mit der »Mistbiene« auf die Spree hinaus oder gingen zu Fred Ries, um nach Mädchen Ausschau zu halten: Darf ich bitten – oder wollen wir erst tanzen?

Auf den ersten Blick eine schöne Zeit: Wie er die Bibliothek verwaltete, seine ersten Gedichte schrieb, den Sonderschülern Nachhilfeunterricht erteilte, er, Freddie Lenz, der einzige der Jungen, der eine weiterführende Schule besuchte. Wie er mit Charly, Lampe, Bärchen und Hanne immer irgendwelche Mädchengeschichten laufen hatte. Wie er stundenlang auf seinem Bett lag und las: Thomas Mann, Heinrich Mann, Tolstoi, Dostojewski, Döblin, Hermann Hesse. Wie der Heimleiter den Jungen verkündete, 1961 würde der Sozialismus den Kapitalismus überholt haben, und sie ihm nicht glaubten, es aber trotzdem hofften. Wie dann die Mauer gebaut wurde, und sie es nicht fassen konnten: Ihre zweite Heimat, die Kinos und Läden rund um das Schlesische Tor, von einem Tag auf den anderen weg. Auch diese Aufregung mitsamt dem Drumherum von Politikermeinungen und Volksgeschimpfe war irgendwie »schön«; vielleicht, weil die Jungen zum erstenmal spürten, daß sie Geschichte miterlebten.

Auf den zweiten Blick keine schöne Zeit: Das Indenarmnehmen fehlte. Die Mädchen waren dafür kein Ersatz, waren nur Renommee: Mit der bin ich auch schon mal gegangen! Alles harmlose Knutschereien, bis auf ein einziges Mal mit Charlys Cousine. Das hatte sein müssen, mit fast achtzehn; er hatte es sich selbst beweisen müssen und danach furchtbare Angst gehabt, diese Evi könnte schwanger von ihm sein. Es war ja nichts anderes als ein Versuch gewesen, ein Tritt vor das Schienbein seiner eigenen Minderwertigkeitskomplexe; eine Katastrophe, wenn es Folgen gehabt hätte.

Nein, keine schöne Zeit! Oft sogar eine schlimme. Wie sie Jojo im Waschraum zusammenschlugen. Überall an den Wänden und auf dem Fußboden Blut. Die Heimleitung duldete es schweigend, und Jojo blieb nicht der einzige. Erziehung innerhalb der Gruppe nannte der Heimleiter das, für Lenz war es Faschismus. Das Recht des Stärkeren in einem sozialistischen Jugendheim? Das stand nicht bei Makarenko.

Immer hatte er Angst davor gehabt, eines Tages ebenfalls im Waschraum zu landen; körperliche Gewalt entsetzte ihn. Manche Jungen hatte ihn die ganzen drei Jahre über auf dem Kieker, wollten ihm zeigen, daß sie auch was konnten. Ein seltsamer Respekt vor den »dicken Büchern«, die sie bei ihm sahen, hatte ihn davor bewahrt, auch mal auf diese Weise erzogen zu werden ...

Das Wasser kochte, Lenz goß es über den Brühwürfel und rührte so lange in der Tasse, bis der Würfel sich aufgelöst hatte. Dann ging er ins Zimmer zurück, setzte sich dicht neben dem Ofen auf die Couch und trank das heiße Zeug in kleinen Schlückchen.

Was fing er an mit diesem Abend? Sollte er sich ins Bett legen und Radio hören, bis er einschlief? Aber was spielten die an so einem Tag schon für Musik? Kotzelend würde ihm werden vor lauter »Stille Nacht« und Flockengeriesel.

Lesen? Das würde nicht gehen, nicht Heiligabend. Er stellte die leere Tasse weg, trat ans Fenster und nahm die Decke ab, die er vor die Scheiben gehängt hatte, um vor Blicken und Zugluft geschützt zu sein. Ein klarer, kalter Winterabend, kein Schnee; wenigstens kein Schnee, der hätte ihm noch gefehlt. Er öffnete das Fenster und atmete tief die frostige Luft ein.

Im Hof war es dunkel, nur in wenigen Fenstern brannte Licht. An anderen Tagen war es um diese Zeit nicht weniger dunkel, an diesem Abend wirkte der Anblick beklemmend; wie ein einziges riesiges Schweigen, das sich einem schwarzen Tuch gleich über ihn legte und ihn zu ersticken drohte. Lange sah er zu einem der erleuchteten Fenster hoch. Dort, Quergebäude, erster Stock, wohnte sie, die junge blonde Frau mit dem kleinen Mädchen. Er sah sie oft, wenn sie den Kinderwagen über den Hof schob, zum Einkaufen oder Spazierengehen. Sie lächelte ihm jedesmal freundlich zu, und er lächelte zurück. Sie gefiel ihm, und er glaubte, daß auch er ihr nicht unsympathisch war. Manchmal träumte er von ihr, malte sich aus, wie sie da oben lebte – und wie er sie besuchte. Ihr Mann paßte nicht zu ihr. Groß und klotzig war der, ab und zu betrunken, fast immer mürrisch. Bei dem hatte sie es bestimmt nicht leicht.

Wie es da oben jetzt wohl aussah? Wahrscheinlich machte sie es ihrem Mann gerade schön, saß mit ihm vor dem Tannenbaum, und die kleine Tochter lag in ihrem Kinderbett. Und vielleicht war ihr Mann heute mal nicht angetrunken oder mürrisch, küßte sie. streichelte sie ...

Ihn fröstelte. Er schloß das Fenster, legte sich auf die Couch, rauchte noch eine. Im Radio spielten sie das erste Weihnachtslied. »O du fröhliche ...« Er sprang auf, zog den Mantel an, steckte die Zigaretten ein und verließ die Wohnung.

In den Höfen war es still, die Müllkästen quollen über, irgendwo fiepte es – Mäuse oder Ratten. Zille-Milieu, ja, das hier war Zille-Milieu, aber er mochte es, mochte die alte, fette Portiersche mit der Keifstimme, die ihre Enkelkinder so verwöhnte, mochte den alten Kohlenträger, der, obwohl schon lange in Rente, noch immer ganz krumm ging, mochte vor allem die rotzfrechen Kinder, die manchmal auf dem Hof standen und durchs Küchenfenster zu ihm hineinspähten. Sie fanden das seltsam, ein Junge wie er ganz allein in einer Wohnung.

Vor der Haustür die lange, nur spärlich erleuchtete Straße, irgendwo in weiter Ferne ein paar hochhakkige Absätze auf dem Asphalt. Ein einsamer PKW kam langsam die Straße entlanggefahren, suchte eine bestimmte Hausnummer. Lenz sah ihm nach. Wo sollte er nun hin?

Wenn er wenigstens genug Geld hätte, um in einer der wenigen offenen Kneipen ein Bier zu trinken oder einen Schnaps. Doch er hatte kein Geld, hatte nie Geld. Es ging drauf für Zigaretten und Theaterkarten, erst zuletzt für Lebensmittel. Dünn war er geworden, seit er allein lebte, dünn wie ein Schnürsenkel. Ihn freute sein ewiger Hunger; er paßte zu ihm, verlieh ihm eine Wut, die ihm berechtigt erschien, auch wenn diese Wut kein Ziel hatte.

Zögernd wanderte er die Straße entlang. Hastige Schritte ließen ihn herumfahren. Eine junge Frau, ein bißchen schmuddelig angezogen, hielt sich dicht hinter ihm. Sie war ganz außer Atem und blickte sich immer wieder um. Hundert Meter hinter ihr ging ein Mann, der offensichtlich auch gelaufen war.

»Gehört der zu Ihnen?«

Die junge Frau schüttelte ängstlich den Kopf.

»Will der was von Ihnen?«

Die junge Frau antwortete nicht, guckte nur weiter so ängstlich.

Unsicher ging Lenz noch ein paar Schritte, an der Straßenecke blieb er stehen.

Die Frau blieb ebenfalls stehen.

Lenz sah zu dem Mann hin, der sich unter einer Laterne eine Zigarette anzündete. »Kann ich Ihnen irgendwie helfen?« fragte er die Frau, die offensichtlich nicht wußte, was sie von ihm wollte. »Soll ich Sie nach Hause bringen?«

Sie schüttelte erneut den Kopf und ging eilig weiter. Auch der Mann setzte sich wieder in Bewegung. Als er an ihm vorbeikam, blickte Lenz ihm ins Gesicht. Kein besonderes Gesicht, einfach ein Mann unter dreißig, stur die Augen auf die Frau gerichtet.

Die Frau lief über den dunklen Helmholtzplatz, der Mann blieb an ihr dran. Lenz sah den beiden lange nach. Sollte er ihnen folgen? Aber wieso lief die Frau ausgerechnet über den dunklen Platz, wenn sie Angst vor dem Mann hatte?

Hinter vielen Fenstern brannten nun schon die Kerzen; wenn irgendwo gelüftet wurde, drangen Fetzen eines Weihnachtsliedes auf die Straße hinaus. Manchmal war es nicht nur das Radio, hin und wieder sangen die Leute selbst.

Ein unwirklicher Moment: hier Kinderweihnachten, dort irgend etwas Abgründiges, das sich nicht artikulieren konnte. Was da im dunklen Park jetzt geschah, Lenz konnte es sich ausmalen, und es erregte ihn. Gleichzeitig fühlte er sich beschmutzt. Nein, die Frau hatte keine Hilfe gewollt, sonst hätte sie sich anders verhalten. Nachdenklich bog er um die nächste Straßenecke und wanderte weiter durch die stillen Straßen.

Zwei Straßen weiter blieb er wieder stehen. »Schuh-Expreß« stand über dem Eckgeschäft auf der gegenüberliegenden Straßenseite. Vor ein paar Jahren noch hatte »Zum Ersten Ehestandsschoppen« drüber gestanden ... Er war unabsichtlich hierhergelaufen, doch einfach weitergehen konnte er nun nicht mehr.

Die Haustür war noch offen, der Flur roch wie damals. Er schaltete das Licht ein: Nichts hatte sich verändert, nur einige Namensschilder waren neu. Er ging auf den Hof und hob den Kopf. Im Seitenflügel waren einige Fenster erleuchtet, die Wohnzimmer der beiden Vorderhäuser lagen zur Straße hin.

Er versuchte durch das vergitterte Fenster zu spähen, das mal zu ihrer Küche gehört hatte. Undenkbar, daß er als kleiner Junge manchmal durch dieses Gitter auf den Hof hinausgeschlüpft war, jetzt würde er nicht mal seinen Kopf hindurchbekommen. Natürlich konnte er in dem dunklen Raum nichts erkennen und war enttäuscht, daß ihm alles so fremd vorkam: das Gitter, der Hof, die Häuser – und das, obwohl sich kaum etwas verändert hatte. Wieder blickte er zu den Fenstern hoch. Seit er zu Robert gezogen war, war er nicht mehr hiergewesen; er hatte nur davon gehört, daß Onkel Willi die Mutter nicht lange überlebte. Zwei, drei Jahre, hieß es, wären ihm nach ihrem Tod geblieben, mit wechselnden Liebschaften die Kneipe völlig herunterzubringen. Ohne die Mutter war er hilflos gewesen.

Lenz stand da und rührte sich nicht. Als er aus dem Heim auszog, war er wie selbstverständlich in seine alte Gegend zurückgegangen und auch öfter am »Schuh-Expreß« vorübergekommen, nie zuvor in diesen vier Monaten jedoch hatte er den Wunsch verspürt, nach Schatten zu suchen. Jetzt stand er hier wie ein von der Mutter ausgesetztes Kind. Wozu? Wollte er Kontakt aufnehmen? Vielleicht mit Elke, die seine Freundin war, seit sie im Luftschutzkeller zusammen im Kinderwagen gelegen hatten? Oder Timo, Hans und Lilli? Und Beate-Tomate und Lutz und wie die Kinder von damals alle hießen? Sie würden sich sicher noch an ihn erinnern, würden sich vielleicht sogar dafür interessieren, was aus ihm geworden war ... Aber er, wollte er sie wirklich sehen? Bestimmt hatten sie inzwischen alle irgendwelche Berufe erlernt, verdienten Geld, waren »erwachsen«. Er hatte keinen Beruf. Zur Mittleren Reife hatten sie ihn im Kinderheim gerade noch überreden können; Abitur wollte er nicht. Das hätte ihm zu lange gedauert; nur wer Geld verdiente, war selbständig. Irgendwas mit Büchern hatte er tun wollen. War aber zur Zeit nicht gefragt; Dreher wurden gebraucht, Maurer und Mechaniker. Wozu gab es die Berufslenkung, wenn jeder hätte werden dürfen, was er wollte?

Maurer und Dreher hatte er abgelehnt. Maurer sind Dollbregen, hatte die Mutter immer gesagt. Dreher war langweilig. Also Mechaniker, Fernsehmechaniker, der Beruf der Zukunft! Nicht für ihn. Beim Kabelbaumbinden war Schluß gewesen. Ein Leben zwischen Drähten und Lötkolben war nichts für ihn ... Jetzt war er Hilfexpedient in einer LKW-Werkstatt, besserer Transportarbeiter, Richards »junger Mann«. Nicht mal dreihundert netto im Monat, und besonders aufregend war die Arbeit auch nicht; kein Wunder, daß er morgens öfter verschlief.

Er hielt nicht viel von sich, stellte Ansprüche an sich, die er nicht erfüllte. Nur manchmal funkte es zwischen ihm und seinen Ansprüchen, wie voriges Jahr, als Vera, die sommersprossige Abiturientin, die in Richards Büro ihr Praktikum machte, sich in ihn verliebte – in ihn und nicht in ihren Klassenprimus, der ständig durch die verschmierten Fenster zu ihr hineinblinzelte. Sogar zu ihrem Abiturientenball hatte sie ihn eingeladen, um ihn ihren Eltern vorzustellen.

Er war stolz auf die Liebe des intelligenten Mädchens gewesen, aber er hatte gleich gerochen, was sie sich dachte: ein ungeschliffener Diamant, dieser Junge! Entlädt LKW und liest Tolstoi, hämmert sich die Finger wund beim Reparaturmarkenschlagen und rennt jeden zweiten Abend ins Theater. Es lag nicht an ihren Sommersprossen, daß er nicht zum Abiturientenball gegangen war; er wollte nicht ihre Eliza Doolittle sein, das war's!

Wieder hob Lenz den Kopf. Doch! Er würde die Freunde gerne wiedersehen, war neugierig auf sie. Aber sollte er etwa bei ihnen klingeln: »Guten Abend, schön' Abend! Ich bin zwar nicht das Christkind, bringe nichts mit, außer mich selbst, aber vielleicht ist ein heimgekehrter verlorener Sohn des Hauses ja auch so etwas wie ein Geschenk.«

Ein unmöglicher Gedanke. Er würde ihnen ihren Heiligabend verderben, weiter nichts. Langsam ging

Lenz auf die Straße zurück und wanderte nach kurzem Zögern die Prenzlauer Allee hoch, in die Dimitroffstraße rein, zur Schönhauser hin und dort unter der Hochbahn entlang. Nicht weit von hier lag die Bernauer Straße, seit kurzem in ganz Deutschland berühmt. Das Westfernsehen hatte Filmaufnahmen von Fluchtszenen gezeigt: Ein junger Soldat, der über den Stacheldraht sprang; Menschen, die sich aus dem dritten oder vierten Stock ihres Hauses in ein Sprungtuch der West-Feuerwehr fallen ließen, eine alte Frau, die aus ihrem Fenster hing und fast zerrissen wurde – aus der Wohnung heraus von zwei Volkspolizisten, die sie an den Armen in den Ostteil der Stadt zurückzerren wollten, von der Straße her durch westliche Polizisten, die an ihren Beinen zogen. Die Häuser in der Bernauer Straße gehören zu Ost-, der Bürgersteig davor zu West-Berlin. Nirgendwo sonst nahm die Grenze einen dermaßen widersinnigen Verlauf.

Sie hatten sich jene Szenen heimlich angesehen; im Heim war Westfernsehen streng verboten. Manche Jungen hatten beim Betrachten dieser Bilder gegrinst, erschüttert aber waren sie alle. Das war ja kein Kintopp, was sie da sahen, das war Wirklichkeit. Und es geschah mitten in ihrer Stadt! Ihn jedoch hatten diese Szenen am tiefsten getroffen. Er kannte die Bernauer genau, war als Kind oft an diesen Häusern entlanggelaufen, wenn er in eines der Weddinger Grenzkinos wollte. Und wie waren diese Bilder denn auch zu verstehen? Im Westen ging's den Leuten besser als im Osten, die Westler hatten vieles, was es hier nicht gab; doch war es im Osten so schlimm, daß man sein Leben einsetzte, nur um wegzukommen? Die alte Frau war kurz nach ihrer Flucht gestorben; die Aufregung war zu viel für sie, der Reporter hatte es gesagt. Hatte die denn überhaupt noch gewußt, was sie tat? Und jene, die aus ihren Häusern sprangen – was, wenn sie das Sprungtuch verfehlt hätten? Und hätten diese Szenen denn überhaupt gefilmt werden dürfen? War das nicht sehr geschmacklos? Er jedenfalls würde in einer solchen Situation lieber unbeobachtet bleiben.

Lenz lief immer schneller. Die Fernsehbilder quälten ihn. Es flohen ja immer mehr Menschen. Sie gruben Tunnel unter der Mauer hindurch, kletterten mit Leitern über sie hinweg, sprangen von den Dächern, schwammen durch Kanäle oder Flüsse und durchbrachen mit Lastkraftwagen die Grenzanlagen. Wurde einer erwischt und blieb nicht stehen, schossen die Grenzsoldaten; es hatte schon viele Tote gegeben, und noch mehr Verletzte. Trotzdem wurden Tag für Tag neue Fluchtversuche bekannt. Was war es, das so viele Menschen dazu trieb, alles aufs Spiel zu setzen, nur um hier wegzukommen? Fürchteten sie sich vor irgend etwas ihm Unbekannten, oder war es nur das bessere Leben, das sie lockte? War ihnen ihre Freiheit so wichtig, daß sie dafür ihr Leben einsetzten, wie im Westen behauptet wurde, oder unterschätzten sie nur die Gefahr? Der junge Lenz glaubte den Kommentatoren der westlichen

Sender genausowenig wie denen der östlichen. Der Westen hatte die Mauer schlucken müssen, ohnmächtig vor Wut spien sie nun Gift und Galle gegen den Osten. Kein Zweifel, daß sie im Recht waren, trotzdem war da etwas in ihrer Argumentation, das ihn stutzen ließ: Erst hatten sie alles versucht, um die DDR kaputtzumachen und gleichzeitig das Elend dort bejammert, jetzt bedauerten sie ihre eingesperrten Landsleute und feierten jeden gelungenen Fluchtversuch als Erfolg ihres Systems, ohne sich öffentlich Gedanken über die wirklichen Fluchtgründe zu machen. War das etwa Aufklärung? Bearbeiteten sie ihn damit nicht genauso wie ihre östliche Konkurrenz? Die Toten an der Mauer berührten ihn tief, aber Freiheitskämpfer waren nur die wenigsten von ihnen; er kannte so viele Weggegangene, die wollten gar nicht in die »Freiheit«, wollten nur dorthin, wo alles glänzte. Warum sagte das niemand in dieser Adenauer-Republik, warum waren sie nicht ehrlich zu ihren Leuten, wenn sie die Besseren sein wollten? Einer im Osten konnte diese Heldenschinderei ja vielleicht durchschauen, in Stuttgart oder Schleswig-Holstein war es sicher schwerer herauszubekommen, was Wahrheit war und was Propaganda.

Ein Pärchen kam Lenz entgegen. Das Mädchen lachte leise, der junge Mann blieb stehen und küßte sie lange. Lenz ging schnell an den beiden vorüber und zündete sich, als er weit genug von ihnen entfernt war, eine von Tante Grits Zigaretten an. Der Duft der großen weiten Welt! Und das am Prenzlauer

Berg. Beinahe hätte er laut gelacht. Selbst die Schönhauser Allee, sonst noch die belebteste Straße im nächtlichen toten Ost-Berlin, an diesem Abend lag sie wie verödet da, Leben kam nur auf, wenn eine hellerleuchtete U-Bahn über die Hochbahngleise und damit über seinen Kopf hinwegratterte. Irgendwie paßte diese Zigarette nicht hierher, irgendwie ging die Mauer nicht nur durch die Stadt, sondern mitten durch ihn hindurch.

Und morgen, was würde er morgen tun? Im Bett bleiben, Radio hören, Zigaretten rauchen und nebenbei Tante Grits Schinken verputzen?

Er könnte ins Heim fahren, nachsehen, wer von den Jungen da war. Vielleicht konnten sie zusammen irgendwas auf die Beine stellen. Voriges Jahr war er mit Lampe und Charly am ersten Weihnachtsfeiertag zum Ku'damm rübergefahren. Lampe hatte Westgeld, und in einer Seitenstraße vom Ku'damm gab's einen Westernsaloon – »Smoky«. An den Wänden Filmplakate von »Zwölf Uhr mittags« bis »Weites Land«, auf den Barhockern echte Ledersättel mit Steigbügeln. Getanzt wurde nach der Musikbox. Die Mädchen waren sehr angemalt und rochen meilenweit nach Parfüms und Cremes, und natürlich kamen Lampe, Charly und er erst am nächsten Morgen ins Heim zurück. Muttchen, die alte Erzieherin, die zur Nachtwache eingeteilt war, hatte furchtbar geschimpft. Sie erzählten ihr, sie kämen gerade vom Güterbahnhof, hätten Obstwaggons entladen, um sich was zu verdienen. Arbeit, ehrliche Arbeit, war die einzige Ausrede, die Muttchen gelten ließ, und manchmal hatten sie sich ja auch wirklich an Sonn- oder Feiertagen auf diese Weise was verdient. Aber natürlich waren sie nie mit Schlips und Kragen zur Arbeit gefahren. Vielleicht hatte Muttchen das absichtlich übersehen.

Silvester hatten sie dann im Heim gefeiert, zu dritt. Er hatte mit Charly getanzt, Charly mit Lampe und Lampe mit ihm. Hanne und Bärchen machten bei der Verwandtschaft auf Familie. Kurz vor Mitternacht waren sie alle drei verrückt geworden und nach Oberspree rausgefahren, zum Mädchenheim. Mit den Mädchen dort hatten sie schon oft gefeiert; jeder von ihnen war mit mindestens zwei von denen schon mal gegangen. Sollten die sie doch mitfeiern lassen ... Doch dann hatten sie sich nicht reingetraut, hatten draußen gestanden und die Vorhänge hinter den Fenstern angestarrt, bis sie sich vor Enttäuschung und Zorn auf sich selbst böse stritten. Lampe war abgehauen, und Charly und er waren in ein Bootshaus eingebrochen, hatten ein Kanu flott gemacht und waren damit die Spree runtergepaddelt. Mitten in der Silvesternacht. Unter blinkenden Sternen. In einem Achtsitzer! Und sogar an der Wasserpolizei Baumschulenweg vorüber. Niemand hatte sie bemerkt, alles Glück der nächsten zehn Jahre hatten sie in jener Nacht gehabt. Kurz vor der Insel hatten sie das Kanu an Land gezogen und in einen Heuschober geschoben. Dort war es sicher bald gefunden worden ...

Wenn sie mit dem Kanu erwischt worden wären, wer hätte ihnen wohl geglaubt, daß sie es nur »ausleihen« wollten? Und hatten sie während ihrer nächtlichen Fahrt nicht auch davon gesprochen, es mit Steinen zu beladen und zu versenken, um es eventuell später – wenn Gras über die Sache gewachsen war – wieder herauszuholen? Sie hatten es nicht getan, aber nur, weil sie zu müde dazu waren. Zu irgendeiner Einsicht waren sie in jener Nacht nicht fähig.

S-Bahnhof Schönhauser Allee, das Kino »Scala«, Café Nord – eine beliebte Tanzgaststätte. Lenz blieb stehen. Natürlich war Heiligabend alles dunkel, keine Musik im Inneren des Restaurants, keine langen Schlangen von jungen Leuten vor der Tür, die Einlaß begehrten, kein Türsteher, der sich als lieber Gott aufspielte ... Zwei-, dreimal war er hier tanzen gewesen. Einmal hatten Charly und er dabei zwei Mädchen aufgegabelt und nach Hause gebracht – nach Bernau. Wieder Bernau! Und die weite Fahrt nur aus Höflichkeit, nicht mal einen Kuß hatten sie dafür bekommen. Wie Idioten waren sie sich vorgekommen, als sie den weiten Weg quer durch die Stadt wieder zurückfuhren. Immerhin hatten sie über sich lachen können, das hatte die vertane Nacht zu einem guten Witz werden lassen.

Lenz ging ein paar Häuser weiter, dann blieb er wieder stehen. Das Fenster im ersten Stock! Hier hatte bis vor vier Monaten Tante Grit gewohnt. Hinter den Fenstern brannte Licht, also war die Wohnung bereits neu vermietet. Wer wohl jetzt darin wohnte?

Und ob sie die Möbel übernommen hatten und das Gemälde mit den beiden Männern, die eine Frau vor eine Entscheidung stellten? Eine Szene aus dem Mittelalter, die ihn als kleinen Jungen immer sehr berührt hatte: Was verlangten die beiden Männer mit den Federhüten in den Händen von der Frau? War sie mit einem der beiden verheiratet, und liebte sie den anderen?

Er hatte viele Erinnerungen an diese Wohnung, die früheste führte zurück bis in die erste Nachkriegszeit, als er vier oder fünf Jahre alt war. Da durfte er bei Tante Grit und Onkel Karl Schallplatten auflegen. Es war eine sehr große und sicher teure Musiktruhe, an der er herumspielen durfte. Und natürlich steckten im Tonarm des Plattenspielers noch Nadeln. »Ham Se nich, ham Se nich, ham Se nich 'ne Braut für mich?« schallte es aus dem Lautsprecher, oder: »Sie ist zu dick, sie ist zu dick, sie ist zu dick für mich.«

Auch später, als Lenz schon im Heim war, hatte er Tante Grit öfter besucht, immer donnerstags abends. Er aß mit ihr und Onkel Karl Abendbrot, und beim Abschied steckte sie ihm jedesmal ein paar Mark zu. Er mochte die beiden sehr, sie waren so anders als die Erwachsenen, die er im »Ersten Ehestandsschoppen« kennengelernt hatte. Sie aber beobachteten ihn eher kritisch. Wenn schon der Vater ein Dollbregen gewesen war, was sollte da aus dem Sohn werden? Einmal hätte er ihre Vorurteile fast bestätigt. Tante Grit hatte ihr Portemonnaie in der Küche liegen lassen. Er war mal gerade wieder ganz blank, griff zu und nahm fünf Mark heraus. Rechtzeitig, bevor sie zurückkam, legte er die fünf Mark zurück. An ihrem Blick erkannte er, daß sie im nächsten unbeobachteten Moment ihr Portemonnaie überprüfen würde. Er war froh über sich, und er schämte sich für sie beide.

Nur langsam ging Lenz weiter. Was war es, das ihn an jenem Abend ausgerechnet diesen Weg gehen ließ? War es nur, weil er diese Ecke seiner Stadt so gut kannte wie sonst keine? Suchte er die Erinnerungen, um in Wehmut zu schwelgen? Aber er litt ja nicht, im Gegenteil, die Szenen, die er vor sich sah, machten ihn froh; sie gehörten zu seinem Leben wie Teile seines Körpers. Er würde sich immer gerne erinnern, selbst an die schlimmen Dinge, die er durchgemacht hatte, davon war Lenz überzeugt.

U-Bahnhof Vinetastraße. In dem schmalen Haus gleich gegenüber, erster Hof, Parterre links, wohnte noch immer Bärchens Mutter, Bärchen aber war inzwischen auch im Westen. Über eine Friedhofsmauer war er geklettert ...

Wie Bärchens Mutter jetzt zumute war? Bärchen hatte sie nie gut behandelt, hatte sie manchmal regelrecht schikaniert. Deshalb war er ins Heim gekommen. Aber heute, an diesem Abend, wünschte seine Mutter ihn sicher zu sich zurück; Bärchen war ja ihr einziger Sohn, außer ihm hatte sie niemanden. Und vielleicht hockte Bärchen jetzt irgendwo da drüben in einem Lager und wünschte sich ebenfalls zurück. Kommen jedoch würde er nicht. Nicht Bärchen. Lieber ging er in die Fremdenlegion, das hatte er immer gesagt.

Abrupt drehte Lenz sich um und lief die Straße zurück. Nein, er würde morgen nicht ins Heim fahren. Was sollte er da? Er hatte kein Geld, um mit den anderen was zu unternehmen, und er wollte vor den Erziehern nicht den Eindruck erwecken, als wäre ihm über Weihnachten heulerig zumute geworden. Diesen Triumph gönnte er ihnen nicht. Und wen von seinen Freunden würde er denn dort noch antreffen? Hanne und Bärchen waren im Westen, Lampe war wie jedes Jahr Heiligabend bei seiner Mutter und am ersten Weihnachtsfeiertag bei seinem »geschiedenen Vater«. Nur Charly würde da sein, aber mit dem hatte er sich beim Tapezieren gestritten, der lebte in einer ganz anderen Welt als er, hatte keine anderen Interessen als Bier, Mädchen und 'ne schöne Wohnung.

Über der Ladentür eines Uhrmachergeschäftes hing eine große Uhr. Halb zehn. Bis er in seiner Wohnung zurück war, würde es zehn, vielleicht sogar ein bißchen später sein. Also hatte er den Abend fast geschafft. Zufrieden mit sich lief Lenz weiter und bog in die Stargarder Straße ein. Vor einem kleinen Lebensmittelladen verzögerte er den Schritt. Mehrere Kästen mit leeren Milchflaschen standen vor der Tür. Schnell nahm er sechs Flaschen heraus, schob in jede Manteltasche drei und ging betont langsam weiter. Wenn er die leeren Flaschen nach den Feiertagen zurückbrachte, bekam er pro Flasche zwanzig Pfennig Pfand, insgesamt also eine Mark zwanzig – das bedeutete zwei Flaschen Bier oder 15 Zigaretten, vierundzwanzig Brötchen oder ein Glas Brühwürfel. Er hatte sich auf diese Weise schon oft etwas hinzuverdient. Er empfand Scham dabei, fühlte sich aber im Recht; er hatte sich seine Situation nicht ausgesucht.

In der Wohnung war es noch kälter als zuvor. Noch im Mantel warf Lenz ein paar Kohlen nach, ging auf die Toilette außerhalb seiner Wohnung, deren Spülung, nachdem sie vor ein paar Tagen eingefroren war, endlich wieder funktionierte, und kochte sich eine Brühe. Dazu aß er ein Stück Schokolade. Danach legte er sich ins Bett und rauchte. Mitten in einem Gedanken sprang er plötzlich auf, lief in die Küche, holte sich eine Kerze, zündete sie an und stellte sie auf den Couchtisch. Dann begann er zu schreiben. Eine Geschichte.

Sie sollte satirisch werden, vielleicht wurde sie bloß albern. Es war ein Versuch und machte Spaß. Lenz wurde bald warm in dem kalten Raum, und über manche seiner Einfälle mußte er lachen.

*

Bescherung

*

Sein dreißigstes Weihnachtsfest feierte Lenz zusammen mit drei anderen Häftlingen in einer Viererzelle im Untersuchungsgefängnis der Staatssicherheit in Berlin-Hohenschönhausen. Sie hatten gerade die Freistunde beendet und sich über die wenigen Schneeflocken im Gefängnishof gefreut, als der Streuselkuchen ihn holen kam.

Streuselkuchen, so nannten die Häftlinge den jungen Schließer mit dem Pickelgesicht. Er war aber einer von der eher freundlichen Sorte, blickte oft sehr verwundert, so als frage er sich, was all diese so harmlos aussehenden Untersuchungsgefangenen nur getan haben konnten; obwohl er natürlich wußte, daß er Staatsfeinde bewachte. Lenz mochte ihn fast dafür.

»Wo geht's denn hin?«

Keine Antwort. Es sollte nichts entstehen zwischen Gefangenen und Wachpersonal. Die Hände auf dem Rücken und bemüht, die verlangten drei Schritte Abstand zu halten, lief Lenz hinter dem jungen Schließer her, der ununterbrochen mit seinem Schlüssel die Wand entlangfuhr. Auf diese Weise wollte er Kollegen, die andere Gefangene vorzuführen hatten, vor einer Begegnung warnen; kein Gefangener sollte einen anderen zu Gesicht bekommen. Das klappte auch. Wie durch ein Geisterhaus wurde Lenz jedesmal geführt; hörten sie ein anderes Schlüsselscharren, riefen die beiden Schließer sich was zu und einer der beiden Gefangenen wurde für kurze Zeit in eine der überall dafür bereitstehenden Leerzellen gesperrt.

Der Schließer öffnete die wuchtige Metalltür zum Treppenhaus und lauschte. Lenz mußte zur Seite treten, Gesicht zur Wand. Der Schließer winkte, und Lenz begriff: Es ging die Treppe hoch, also wurde er in den Vernehmungstrakt geführt. Das verwunderte ihn. Heiligabend eine Vernehmung? Damit hatte er nicht gerechnet.

Jetzt ließ der Schließer seinen Schlüssel an den metallenen Streben des Treppengeländers entlanggleiten. Das ergab ein eigentümlich lautes Schnarren, das Lenz an die Holzknarren seiner Kindheit erinnerte. Er überlegte: Was wollten die noch von ihm? Die Verhöre waren abgeschlossen, sein Vernehmer hatte ihn in seiner ewig zwischen Ironie und Freundlichkeit pendelnden Art längst ins »Weihnachtsfest« verabschiedet; gab's noch irgendwas zu klären?

Wie immer, wenn es in den Vernehmungstrakt ging, verspürte Lenz eine Art unruhiger Freude. Er schämte sich dieser Freude, aber er konnte sie nicht unterdrücken. Eine Vernehmung war ein Zeichen dafür, daß was passierte, daß er noch da war, daß er gebraucht wurde. Saß er längere Zeit in der Zelle, fühlte er sich vergessen.

Der Gang der Vernehmer: Tür an Tür, fast wie ein Hotelflur. An normalen Tagen wurde hinter all diesen Türen vernommen, verhört, geleugnet, zugegeben; wurden Anklagen erhoben, Geständnisse getippt, großzügig geschenkte Zigaretten geraucht. Jeder der Häftlinge kannte nur einen Raum und einen Vernehmer; gegebenenfalls noch einen zweiten dazu – den nächsthöheren Vorgesetzten. Lenz hatte nur ein einziges Mal ein anderes Gesicht zu sehen bekommen, einen schwammigen Kerl, der ihn an die freundlich-hinterhältigen Gestapobeamten der Ostberliner Defa-Filme erinnerte. Er legte keinen Wert darauf, dieses Gesicht öfter zu sehen.

Der Schließer deutete rechts neben die Tür, Lenz stellte sich mit dem Gesicht zur Wand dort auf. Der Schließer klopfte, steckte den Kopf zur Tür herein und öffnete sie schließlich ganz. Lenz trat ein – und erschrak: Ulla saß neben dem Vernehmer. Blaß lächelte sie ihm entgegen. Vor ihr stand eine Kerze, daneben ein bunter Teller mit Keksen, Obst, Bonbons.

»Da staunen Sie, was?« Der Vernehmer mit dem kastanienbraunen Haar und dem Gesicht eines großen Jungen strahlte. »Das hätten Sie nicht gedacht?«

Nein, das hätte Lenz nicht gedacht. Still setzte er sich Ulla gegenüber, direkt vor den für ihn bereitgestellten Teller. Unsicher blickte er Ulla an. Er wußte noch nicht, ob er sich über die unverhoffte Begegnung mit ihr freuen durfte.

»Freddie!« Ulla streckte ihre Hand aus. Er ergriff sie, streichelte sie.

Ihre Arme waren dünn, wie zerbrechlich, die dunkelblonden Haare zu lang und ausgefranst. Ihr ohnehin schmales Gesicht wirkte klein, die Nase spitz. Drei Monate Gefängnis, dazu die Trennung von den Kindern, hatten sie selbst in ein Kind verwandelt; in ein hilfloses, braves Kind.

Als er sie das erstemal so sah, hatte ihn ihr Anblick in tiefe Gewissensbisse gestürzt. Er mußte sich immer wieder sagen, daß sie die Flucht gewollt hatte; vielleicht sogar mehr gewollt als er. Und er hatte sich damit getröstet, daß er auf sie sicher ähnlich wirkte. Der Wunsch, ihr vorzulügen, daß es ihm nicht so schlecht ging, wie er aussah, hatte das Gespräch bestimmt. Er hatte ihr eine Knast-Operette vorgespielt. Jetzt war für so was keine Zeit, jetzt mußte er klug sein und diese ungewöhnliche Weihnachtsfeier nutzen, um ihr Nachrichten zuzuspielen, die ihr Mut machen würden. Seit er mit Harry Hahne auf einer Zelle lag, wußte er Dinge, die sie nicht ahnen konnte, von denen sie aber unbedingt erfahren sollte.

»Wie geht's dir?«

»Gut!« Sie lächelte, und das konnte er am wenigsten ertragen, dieses bleiche, hilflose Kinderlächeln, das so deutlich zeigte, wie wenig sie hierhergehörte.

»Und dir?«

»Auch gut.«

Wie sollte er anfangen, solange dieser fortwährend grinsende Vernehmer dabeisaß, ständig von einem zum anderen blickte, jedes Wort in seinem Kopf zensierte und genehmigte oder nicht genehmigte?

Lenz zeigte auf die bunten Teller, die Kerze. »Ist ja wirklich gemütlich hier.«

»Ja, was?« Das Jungengesicht sah richtig zufrieden aus. »Das hätten Sie nicht gedacht! Aber da sehen Sie mal: Wir sind gar nicht so.«

Lenz und sein Vernehmer hätten sich aus freien Stücken nie miteinander angefreundet, aber unsympathisch waren sie sich nicht. Hätten sie sich nicht gemocht, wären die vielen Stunden, in denen sie einander gegenübersaßen, aufreibender und anstrengender geworden. So war im Lauf der Zeit ein fast entspanntes Verhältnis entstanden, das zuließ, daß der eine über den anderen spottete, ohne daß sie das einander sehr übelnahmen.

Lenz hatte über sein Gegenüber nicht viel in Erfahrung bringen können – die Vernehmer sollten im dunkeln bleiben –, aber soviel doch: Er war etwa sechs- oder siebenundzwanzig Jahre alt und stammte aus einem kleinen Ort im Süden der Republik, hatte sein Abitur gemacht und sich danach zur Staatssicherheit gemeldet. Ob er erst dazu überredet werden mußte oder aus innerer Überzeugung diesen Schritt tat, war nicht herauszuhören gewesen. Er war belesen, sie hatten oft über Bücher gestritten, sein Hobby aber war die Psychologie. Er hielt sich für einen großen Psychologen, dieser Leutnant oder Oberleutnant in Zivil; wahrscheinlich Voraussetzung für seinen Job, diese anstudierte Menschenkenntnis.

»Hast du was Neues von den Kindern gehört?«

Ulla nickte, ihre Augen glänzten schwarz. »Sie sind getrennt worden . . . beide in verschiedenen Heimen.«

Da hielt Lenz es nicht länger aus. »Dr. Vogel wird uns helfen. Er hat bereits die entsprechenden Kontakte aufgenommen.«

»He! He!« Der Vernehmer war ehrlich empört. »Kein Wort mehr – oder ich lasse Sie sofort in Ihre Zelle zurückbringen.«

Hatte Ulla ihn verstanden? Vogel war nicht irgendein Rechtsanwalt, er war *der* Rechtsanwalt der Republik. Wenn einer ihre Ausreise in die Bundesrepublik ermöglichen konnte, dann er. Es hatte also eine Bedeutung, daß ausgerechnet dieser Anwalt, dessen Namen sie zuvor nicht mal kannten, ihre Vertretung übernommen hatte.

Sie verstand ihn nicht, blickte verwirrt, wußte, daß er ihr etwas Wichtiges mitteilen wollte, aber nicht was.

»Es wird alles gut«, sagte Lenz da leise. »Dr. Vogel ist von der Bundesregierung beauftragt worden . . . er weiß, daß wir ausreisen wollen, wird's schaffen . . .«

»Genug!« Der Vernehmer griff zum Telefon.

Lenz sprach weiter. »Es wird sicher nicht mehr lange dauern, nur ein paar Monate. Die müssen wir noch aushalten. Danach . . . danach sind wir dann alle vier wieder beisammen.«

Auf dem Flur wurden Schritte laut. Lenz stand auf, doch er wandte keinen Blick von Ulla. »Das ist hundertprozentig.«

Die Tür wurde geöffnet, Lenz herausgewinkt. »Hier!« Der enttäuschte Vernehmer schob ihm den bunten Teller zu. »Den können Sie mitnehmen. Obwohl Sie das ja eigentlich nicht verdient haben.«

Lenz nahm den Teller, nickte Ulla noch einmal zu und folgte dem Streuselkuchen zurück durch die Gänge.

Wieder scharrte der Schlüssel an den Wänden entlang, wieder schnarrte er das eiserne Treppengeländer hinunter. Lenz mit seinem Teller in den Händen verspürte eine beißende Wut, vor allem auf sich. Warum hatte er sich nicht vorher zurechtgelegt, wie er Ulla Dr. Vogels Bedeutung klarmachen konnte? Mit einem »Sprecher« am Heiligabendnachmittag hatte er nicht rechnen können, vorbereitet aber hätte er sein müssen ... Sein Blick fiel auf die Süßigkeiten in seinen Händen. Wurden sie obendrein noch verscheißert – oder hielten die Stasi-Leute Kerzenschein und bunten Teller für Humanität?

Ein zweites Schlüsselschnarren. Der Streuselkuchen erschrak, führte Lenz in den nächsten Zellengang, schloß eine Zelle auf und schob ihn hinein.

Lenz stellte den Pappteller auf den Tisch und lehnte sich an die Wand. Hinsetzen lohnte nicht, meistens wurde die Tür nach einer Minute schon wieder geöffnet.

Eine seltsame Komödie, in der er hier mitspielte: auf der einen Seite die perfekte Organisation, auf der anderen vorgetäuschte Menschenfreundlichkeit. Wo hatten die Stasi-Oberen das nur gelernt? Die

Gestapo hatte bestimmt keine bunten Teller verteilt.

Immer wieder drängte sich ihm dieser Vergleich auf. Lenz wollte das nicht, zwischen Hitlers Gestapo und der Staatssicherheit der DDR gab es himmelweite Unterschiede – und doch, vieles war ähnlich. Und lag der Gedanke nicht nah, daß ein Teil seiner heutigen Bewacher vom eigenen Zuchthausaufenthalt gelernt hatten? Wer selbst Gefangener war, kannte die kleinen Tricks, mit denen Gefangene Kontakt zueinander herstellten, Fluchtversuche organisierten oder Botschaften herausschmuggelten. Bisher hatte Lenz nicht den geringsten Wunsch nach geheimer Kontaktaufnahme verspürt, hatte auch keinerlei Ahnung davon, wie sie zu bewerkstelligen wäre. Die Klopfzeichen, die er manchmal von irgendwoher zu hören bekam, das »geheime« Alphabet – einmal klopfen *a*, zweimal klopfen *b*, dreimal klopfen *c* und so weiter –, das jeder Stasi-Mann mühelos mitverfolgen konnte, ermüdete ihn nur. Er war ein schlechter Untersuchungsgefangener und würde auch keinen besonders brauchbaren Strafgefangenen abgeben; er spielte nicht mit, studierte nur.

Lenz war kein Antikommunist, hatte die Gründe und Wahrheiten, die Menschen zu Kommunisten machten, immer eingesehen, diejenigen aber, die diesen Staat führten, waren längst keine »Befreier der Arbeiterklasse« mehr. In der DDR gab es keine KZ, keine Massenvernichtung, offiziell auch keinen Rassenhaß, keine Kriegshetze; jeder Vergleich mit den

Nazis hinkte; eine Diktatur aber war sein Staat. Nicht die Diktatur des Proletariats, wie es in den Lehrbüchern stand, nur die Diktatur der Funktionäre. Die aber erschien Lenz besonders verächtlich; sie widerte ihn an in ihrer spießigen Borniertheit und Insichselbstverliebtheit.

Der Schlüssel fuhr ins Schloß, die Tür wurde geöffnet. In einer plötzlichen Anwandlung hielt Lenz dem Streuselkuchen seinen bunten Teller hin: »Übrigens: fröhliche Weihnachten!«

Er hatte absichtlich laut gesprochen, seine Stimme mußte in den Nachbarzellen zu hören gewesen sein. »Halten Sie den Mund!« Vor Zorn über diese Provokation, die er meinte, nicht verdient zu haben, wurde der junge Schließer rot im Gesicht. Die Gefangenen sollten auf dem Weg zu den Vernehmungen nicht nur nicht gesehen werden, sie sollten auch nicht gehört werden. Einer wie Lenz, der bereits seit über einem Vierteljahr einsaß, mußte das wissen. Weshalb machte er ihm Schwierigkeiten?

Den Pappteller in den Händen, drei Schritte Abstand haltend, trabte Lenz erneut hinter dem Schließer her. Der Streuselkuchen hatte recht, mit Werkzeugen legte man sich nicht an.

»Was war's denn?« Coswig, Breunig und Harry Hahne hatten den Schlüssel gehört und waren rechtzeitig aufgesprungen. Es war verboten, tagsüber auf der Pritsche zu liegen.

Die Viererzelle war hell und freundlich; ein Neubau-Knast. Die zwei »Fenster« bestanden aus ineinander versetzten Glasbausteinen, mit einer Holzluke dazwischen – zum Lüften. Die vier Holzpritschen mit den tagsüber aufgestapelten Matratzen und dem Bettzeug standen wie Krankenhausbetten nebeneinander. Wenn Besucher kamen oder sie ihre Rechtsanwälte sprechen durften, wurden die Untersuchungsgefangenen in einem getarnten Fischlieferwagen in das alte Gefängnis in der Magdalenenstraße gebracht; keiner, der aus diesem mittelalterlichen Bau nicht aufatmend wieder in das »Stasi-Interhotel« zurückgekehrt wäre.

»Weihnachtsmann.« Lenz zeigte auf den bunten Teller und stellte ihn in eine Fensternische. Breunig, der schon wieder lag, hob den Kopf. Wenn es ums Essen ging, jammerte er nicht. »Kriegen wir auch so einen?«

»Keine Ahnung.« Lenz warf sich auf seine Pritsche, die gleich neben der Wand mit dem Klobecken stand, und verschränkte die Arme unter dem Kopf. Hahne hockte sich zu ihm. »Deine Frau?«

Lenz nickte stumm.

»Hast du ihr was sagen können?«

»Hab's versucht.« Er hatte soviel von Hahne erfahren, hätte Ulla soviel sagen können. Hahne wußte alles, wußte, daß dieser berühmte Dr. Vogel sich mit einem nicht minder berühmten Westberliner Rechtsanwalt namens Stange traf, um die Austauschmodalitäten und Freikaufpreise auszuhandeln, wußte von Bussen, die von Karl-Marx-Stadt aus zur Grenze fuhren, vom Wechsel aus dem Ostbus in den Westbus, von der Fahrt nach Gießen ins bundesrepublikanische Aufnahmelager. Auch wie es dort weiterging, den ganzen Verlauf des Grenzübertritts und des bundesdeutschen Notaufnahmeverfahrens hatte Hahne ihm geschildert. Nach anfänglichem Mißtrauen hatte Lenz ihm zu glauben begonnen, jetzt war er überzeugt davon, daß alles seine Richtigkeit hatte: Im Gegensatz zu ihm hatte Hahne sich eben vorher informiert, welche Möglichkeiten ihm blieben, falls die Flucht mißlang.

Ihr Vernehmer hatte Ulla und Manfred Lenz diesen Anwalt vorgeschlagen und Lenz bei der Nennung dieses Namens scharf beobachtet. Der Name hatte Lenz nicht viel gesagt, nur dunkel erinnerte er sich in jenem Augenblick daran, von diesem Anwalt im Zusammenhang mit der Verteidigung eines SS-Mörders gehört zu haben. Der Vernehmer gab ihm dann zu verstehen, daß dieser Dr. Vogel kein schlechter Vogel sei und tat ein wenig so, als hätte die Stasi den Anwalt für die Familie Lenz ausgewählt. In Wahrheit, so erfuhr Lenz von Harry Hahne, ging Vogels Rechnung an das bundesdeutsche Innenministerium.

Bevor er Hahne kennenlernte, hatte Lenz von all diesen Dingen keine Ahnung gehabt, wußte er nur, daß es solche Freikäufe gab. Und auch das nur, weil er einmal aus purem Zufall im Westfernsehen ein Interview sah, in dem ein junges Mädchen, das auf diese Weise in den Westen gelangt war, über ihre Erlebnisse berichtete. Ein naives Mädchen, eine, die überhaupt nicht wußte, weshalb sie aus der DDR weggewollt hatte. In der DDR habe es immer nur eine Sorte Fleisch in Dosen gegeben, klagte sie vom Westen aus, jetzt wisse sie nicht mehr, welche Sorte sie kaufen sollte.

»Wenn ich nur wüßte, weshalb die mich zu euch auf die Zelle gelegt haben.« Hahne hielt Lenz eine Zigarette hin. Er hatte ein halbes Jahr in Einzelhaft gesessen und schon nicht mehr damit gerechnet, mit anderen zusammengelegt zu werden – vor allem, da er soviel wußte und dieses Wissen nicht für sich behalten würde, wie die Stasi vermuten mußte.

Lenz nahm die Zigarette und rauchte sie hastig. Hahne erwartete keine Antwort. Es geschah oft, daß einer eine Frage in den Raum stellte und dann weiter seinen Gedanken nachhing. So eng sie auch aufeinanderhockten, in Wahrheit war jeder mit sich allein. Hahnes Bemerkung ließ Lenz nur an seine eigene Einzelhaft denken. Im Gegensatz zu dem jungen Mann mit dem früh schütteren Haar hatte er noch Glück gehabt, er war nur neun Wochen in Einzelhaft gewesen; das war üblich, bei der Stasi kam am Anfang fast jeder in Einzelhaft. Zuerst hatte er gedacht, er halte sie nicht aus, diese ewige Stille, nur unterbrochen vom lauten Türenklappen auf dem Flur, wenn andere Gefangene geholt wurden, oder dem leisen Huschen der Frauen aus den Wischkommandos, die den Flur reinigen mußten und kein Wort miteinander sprechen durften. Wenn nicht trotzdem mal zwei miteinander geflüstert hätten, wäre Lenz überhaupt nicht bewußt geworden, daß das Frauen waren, die da an seiner Zellentür vorbeiwischten. Er hatte an alle möglichen Romane denken müssen, in denen ähnliche Situationen geschildert wurden, hatte sich die Szenen jener Filme vor Augen gerufen, in denen Schauspieler die berühmten acht Schritte auf und ab liefen und fand seine Situation nicht nur unwirklich, sondern schon fast gespenstisch. Irgendwann jedoch gewöhnte er sich an seinen Kaninchenstall, machte Liegestütze, lief kilometerweise seine acht Schritte und entwarf dabei im Kopf Verteidigungsreden. Als er zu Breunig auf die Zelle kam, sehnte er sich schnell zurück nach dem Alleinsein mit sich und seinen Gedanken; das Gejammer des Alten war eine schlimmere Folter als die Isolation in der Einzelhaft.

Nein, nein, er sei kein politischer Häftling, sei eigentlich ganz zu Unrecht hier, hatte der Alte gleich nach seiner Ankunft geklagt. Ein Versehen, ein böser Irrtum; vielleicht sei er ja schon nächste Woche wieder draußen. Dazu das Theater um seine Fressalien, die er ängstlich vor Lenz versteckte, seine Schnarcherei in der Nacht, der Anblick, wenn er auf dem Klo hockte und furzte und fast heulte, weil nichts kam außer Luft. Am schlimmsten jedoch seine Geschichten: Ob Lenz nie etwas von ihm gehört habe? Er gelte doch als Neckermann von Rathenow, war ein hohes Tier bei den Liberalen, habe mit dem Volkskammerpräsidenten Diekmann Skat gespielt. Warum er saß? Er sei zu tüchtig gewesen, weiter nichts. Dann, mit dem schlauen Grinsen, das ihn immer wieder verriet, das Geständnis, er habe in seiner Firma gebrauchte Waschmaschinen aufpoliert und als neue verkauft. Außerdem habe er Sowjet-Offizieren Farbfernseher in die Kasernen gestellt und Stacheldraht auf die Rechnungen geschrieben. Ihm kreide man das an, den Russen nicht.

Lenz war anderer Meinung. Wenn Breunigs Geschichte stimmte, schmorten jene Offiziere längst irgendwo in Sibirien – falls man sie nicht bereits an die Wand gestellt hatte.

Lenz mochte Breunig nicht. Für den war immer noch Nachkriegszeit, Schwarzmarktsaison; wer schlau ist, kommt durch; Wolfsmoral eines Feiglings. Einer, der solche Geschäfte machte, so Lenz, saß zu Recht im Knast. Nach Breunigs Meinung saß Lenz zu Recht im Knast. Alte Waschmaschinen für neue zu verkaufen, war geschäftstüchtig, eine andere Meinung zu haben als die zur Zeit per Gesetz erlaubte, nur dumm und ein Fluchtversuch natürlich strafbar.

Eine böse Zeit, die zwei Wochen gemeinsamen Zellenaufenthaltes. Lenz spürte Aggressionen in sich auf, die er sich nicht zugetraut hätte. Um seine Ruhe zu haben, tröstete er den weinerlichen Alten, er solle sich keine Sorgen machen, was habe er denn schon groß zu befürchten? Breunig sog ihm jede Lüge aus dem Mund, richtete sich daran auf – und aß seine Äpfel auch weiterhin allein.

Als Coswig auf ihre Zelle kam, atmete Lenz auf. Ein Mann in seinem Alter, Musiklehrer, gutaussehend und Gott sei Dank auch ein Politischer. Bald jedoch stutzte er. Die Fluchtgeschichte, die Coswig erzählte, klang wie schon mal gehört. Zu den Amerikanern in die Potsdamer Militärmission hatte er fliehen wollen; einfach so beim Zigarettenholen hatte er seine Frau verlassen, die zudem noch schwanger war. Weshalb er nun unbedingt zu ihr zurückwollte.

War Coswig ein Bereuer oder ein Stasi-Mann? Ein Spitzel war er für Lenz auf jeden Fall. Auch ihn hatte die Stasi umpolen wollen. »Sie sind doch eigentlich einer von uns«, hatte sein Vernehmer mal zu Lenz gesagt. »Sie haben sich doch nur von Ihrer Frau überreden lassen. Helfen Sie uns, indem Sie den angerichteten Schaden wiedergutmachen.« Er sollte sich zu jemandem auf die Zelle legen lassen, der nicht geständig war. »Stellen Sie sich vor, da plant einer einen Mord und Sie können den aufdecken. Ist es nicht Ihre Pflicht, alles zu tun, um ein solches Verbrechen zu verhindern?«

Es war in jener ersten Zeit, als ihn jeder Gedanke an Ulla und die Kinder vor Selbstzweifel fast umbrachte. Er glaubte, versagt zu haben. Die Volkshochschule, das Studium, sein Fleiß, sein Aufstieg – bloße Tapete! Darunter war nichts als Dummheit, morscher Charakter, kindliches Abenteurertum. Wenn er den Elektrorasierer in die Zelle gereicht bekam, studierte er im Spiegel sein Gesicht: Was steckte hinter der Fassade? Auch wenn, was er getan hatte, kein Taschendiebstahl, kein Einbruch, kein Totschlag gewesen war, den Kindern gegenüber war es ein Verbrechen. Die simple Tatsache, daß in Wahrheit jene, die Ulla und ihn verhaftet hatten, die moralischen Gesetze brachen, galt nicht vor den Kindern.

Der Vernehmer hieb in diese Kerbe, indem er ihm immer wieder erzählte, daß nach seiner Psychologie Straftäter gewissermaßen vorprogrammiert wären. Ob er nicht schon als junger Bursche mal irgend etwas angestellt habe, das ihn mit dem Gesetz in Konflikt brachte? Na bitte! Das sei Veranlagung, es habe einfach so kommen müssen.

Er hatte gegen dieses Gequatsche ankämpfen müssen. Was hatten seine Dummejungenstreiche mit der geplanten Flucht zu tun? Wenn er sich überhaupt verteidigen mußte, dann nicht wegen seiner Tat, sondern wegen seiner Auffassung vom Sozialismus, seinem Gerechtigkeitsgefühl, seinem ganzen Denken. Das Jungengesicht legte seine Grübelei falsch aus und machte ihm das Angebot, wiedergutzumachen.

Es kam genau richtig, brachte ihn zu sich selbst zurück. Doch er zügelte seine Empörung, heuchelte Interesse, vernahm seinen Vernehmer. Während der ihn bearbeitete, gewann er seine Selbstachtung zurück. Wer mit so primitiven Tricks arbeitete, konnte ihn nicht zum Kriminellen stempeln. Jedes Wort, das er zu hören bekam, war ihm Genugtuung. Nein, sagte er, als er genug gehört hatte, er hätte alles überdacht und schließlich festgestellt, daß er – bei all seinen kriminellen Veranlagungen – doch kein gar so mieser Bursche sei. Wenn die Stasi einen kleinen Einbruch für ihn hätte, würde er den gern übernehmen, aber Spitzeldienste? Das denn doch nicht.

Die Situation hatte sich umgekehrt, zum erstenmal während der vielen Gespräche miteinander kam die Gegenseite in Verlegenheit, hatte Lenz Oberwasser und ließ sich treiben im Strom seines Sieges. Sein Vernehmer fühlte sich ertappt. Durch die Blume ließ er Lenz wissen, daß ihn diese Haltung ehre, und tat fortan so, als wäre sein Angebot nur ein Test gewesen.

Coswig wollte wiedergutmachen, davon war Lenz überzeugt. Ein Jahr weniger war ein stolzer Preis für jemanden, der nur mal kurz Zigaretten holen wollte und dabei versehentlich in Richtung auf die amerikanische Militärmission losmarschiert war. Trotzdem verbarg er Coswig nichts. Von ihm durfte die Staatssicherheit alles wissen. Erfuhren sie seine Gedanken durch Coswig, glaubten sie ihm vielleicht die Endgültigkeit seines Entschlusses, die DDR zu verlassen, und gaben die Versuche auf, ihn wieder auf den »rechten Weg« zu bringen.

Trotz aller Vorbehalte, die Lenz schon bald gegen Coswig hegte, wurde das Leben zu dritt sehr viel angenehmer für ihn. Mit dem Lehrer konnte er reden: über Literatur, Kunst, Musik, Politik. Coswigs Frau – oder die Stasi – schickte Pakete, im Gegensatz zu Breunig teilte Coswig. Als dann auch noch Hahne hinzukam, wurde es fast lustig. Der lange dünne Journalist kannte sich aus in der DDR-Szene, von Rostock bis Suhl, von Schwarze Pumpe bis Brandenburg wußte er Bescheid. Seine Stories von Dr. Vogels Ost-West-Geschäften, seine Frauengeschichten, seine Erzählungen aus der Welt der DDR-Prominenz interessierten, erheiterten, bestätigten.

Hahne hatte ebenfalls eine Flucht riskiert. Mit einem gewerblichen Fluchthilfeunternehmen. Er saß schon im Flugzeug, da winkten sie ihn wieder raus. Seine West-Berliner Freundin konnte das zweite Bett erst mal wieder abbestellen. Weil er aber einen Stiefbruder bei der Stasi hatte, kam für Hahne auch Spionage in Frage. Das bedeutete: nicht unter fünf Jahre. Hahne blieb Optimist: »Das sind alles nur Hausnummern. Höchstens die Hälfte sitze ich ab, dann geht's rüber.«

Später erfuhr Lenz, daß Hahne nicht mal die Hälfte absitzen mußte. Er fiel unter die 72er Amnestie, wurde schon nach ein paar Monaten wieder entlassen – zu seinem Unglück in die DDR. In einem Stahlwerk durfte er sich bewähren. Es war ein Nachteil, einen solchen Stiefbruder zu haben. Zu jenem späteren Zeitpunkt aber war Lenz sich nicht mehr sicher, ob in der Viererzelle in Wahrheit nicht Hahne der Spitzel gewesen war. Hahnes Wissen bedeutete einen guten Einstieg in sein Vertrauen, dieses war für einen späteren Kontaktversuch unerläßlich – und der Kontaktversuch erfolgte.

Die Zellentür flog auf, alle vier erhoben sich. »Brief für Sie.« Der Streuselkuchen hielt Lenz einen Umschlag hin. Der nahm den Brief nur zögernd entgegen. Am Absender erkannte er, daß er von Robert kam. Seit wann brachten sie ihm die Post in die Zelle? Sonst bekam er seine Briefe nur vom Vernehmer. Er öffnete den Brief, und das Blut wich ihm aus dem Kopf: Ein Foto war drin – Michael mit der Schultüte in der Hand. Der kleine, verschüchtert wirkende Junge, die Augen verständnislos, der Anzug viel zu groß.

Er versuchte, den Brief zu lesen, es gelang ihm nur mit Mühe. Den Kindern gehe es gut, schrieb Robert. Sie würden bei ihm Weihnachten feiern. Das Foto von Michaels Einschulung sei erst jetzt fertig geworden ...

Bilder tauchten vor Lenz auf: Die Verhaftung auf dem Bahnhof in Bulgarien, wie er aus dem kleinen Bus stieg und Ulla und die Kinder ihm nachsahen, Ulla starr, die Kinder ängstlich. Sie begriffen nicht, was da mit ihrem Vater geschah, und sie fürchteten sich vor dem, was nun mit ihnen geschehen würde ... Eine der qualvollsten Erinnerungen für Lenz, die alle Szenen aus glücklichen Tagen verdrängte – bis auf eine, die er sich immer wieder ins Gedächtnis rief, um sich vor den Kindern zu rechtfertigen: Er und Silke auf der Ostseite der Berliner Mauer. Er hatte Silke von der Schule abgeholt. Die kleine Tochter, Erstkläßlerin damals, redete viel und gern. Mitten im Gespräch zeigte sie plötzlich auf die Mauer und sagte stolz auf ihr neues Wissen: »Da drüben wohnen die Bösen.« Er fragte sie, woher sie das denn wisse. Die Antwort: »Das hat Frau Berndt gesagt.«

Die Lehrerin! Er wußte nicht, was er entgegnen sollte, und um Silke nicht zu verwirren, zählte er ihr alle westlichen Verwandten auf, die sie kannte. »Die sind doch nicht böse. Oder?«

Die Tochter schüttelte den Kopf, dann überlegte sie: »Aber eine Lehrerin lügt doch nicht.«

»Natürlich nicht«, wich er aus. »Deshalb hast du dich bestimmt verhört.«

Silke wußte genau, daß sie sich nicht verhört hatte, und war beleidigt. Er kochte vor Zorn. Mußte er diese Lehrerin nicht zur Rechenschaft ziehen? Er besprach sich mit seinen Kollegen, alle sagten sie das gleiche: »Damit schadest du deiner Kleinen nur. Und dir selber auch. Sag deiner Silke, ihre Lehrerin sei ein bißchen dumm und wisse es nicht besser.«

Jenes Gespräch mit Silke war nur einer der Tropfen gewesen, der das Faß füllte, doch gerade diesen Tropfen sollte er nie vergessen, weil er ihm so deutlich zeigte, wie schwach er war: Um keinen Ärger zu bekommen und die Tochter zu schützen, schluckte er sogar solch fette Kröten – und würde eines Tages noch fettere schlucken müssen, wenn die Kinder größer waren und ihnen noch viel mehr und weitaus geschicktere Lügen eingetrichtert wurden.

Lenz hielt das Foto in der Hand und blickte in das Gesicht seines Sohnes, bis es vor seinen Augen verschwamm. War dieses Foto, das der Vernehmer ihm zu so ungewöhnlicher Zeit aushändigen ließ, die Rache für sein Benehmen bei der Bescherung? Oder war das Jungengesicht so naiv anzunehmen, ihm damit eine Heiligabendfreude gemacht zu haben? Beides war möglich, beides unverständlich. Lenz wischte sich die Tränen fort und las den Brief noch mal. Es stand nichts drin, außer jenen kargen Worten über das verspätete Fertigwerden des Fotos und der Mitteilung, daß die Kinder beim Bruder Weihnachten feiern würden. Zwischen den Zeilen kein Hinweis auf irgendwas. Aber was hätte Robert ihm denn auch anderes mitteilen sollen? Der Bruder und seine Frau hatten Ullas und seine Entscheidung nicht verstehen können. Es ging ihnen wie dem Vernehmer: »Daß ausgerechnet Sie einen solchen Schritt tun mußten! Sie haben doch Karriere bei uns gemacht, vom Hilfsarbeiter zum Volkswirtschaftler; Abendschule, Studium in Leipzig, Reisen ins westliche Ausland – finden Sie nicht, daß Sie undankbar sind?« Von jenem Faß, in das jahrelang Tropfen für Tropfen gefallen war, wußte der Bruder nichts. In der DDR wurde soviel gemeckert, daß eine tiefergehende Unruhe schon gar nicht mehr auffiel.

Der Vernehmer und auch Robert machten es sich einfach: Sie glaubten, daß er nur Ullas wegen wegwollte. Ulla kam aus Westdeutschland, ihre ganze Familie lebte dort. Ullas Unbehagen in der DDR, ihre Depressionen spielten eine Rolle, eine wichtige. Nicht mal zur Beerdigung ihres ältesten Bruders hatte sie reisen dürfen, sie, die doch alle ihre Wurzeln auf der anderen Seite hatte ... Der Hauptgrund aber war ein anderer, einer, von dem Robert nichts wußte, und den der Vernehmer bestenfalls ahnte: Lenz wollte schreiben – und schrieb schon lange nicht mehr. Ein bedeutsamer Tropfen in dem Faß, das nun übergelaufen war ...

Wie hatte Brecht gesagt: Die unbequemen Mitarbeiter sollten uns die liebsten sein, nur die bringen uns vorwärts. Welche aber waren Partei und Staat am liebsten? Die Hofberichterstatter! Die Jasager! Die Hymnen- und Odenschreiber! Die Bequemen! Jene, die die Sklavensprache, die ihnen aufoktroyiert wurde, am besten beherrschten. Lenz' Gedicht über die Amerikaner in Vietnam hatten sie veröffentlicht, mit dem Lied über die Militärjunta in Griechenland hatte er sogar im »International« auftreten dürfen. Aber was war mit dem Einmarsch der Truppen des Warschauer Pakts 68 in Prag? Er hatte auch dazu ein Gedicht gemacht – und es irgendwann weggeworfen. Nicht aus Angst, aus Vergeblichkeit. Nach dem DDR-Strafgesetzbuch war dieses Gedicht staatsfeindliche Hetze, er wollte kein Staatsfeind sein.

Wie aber sollte er danach weiterschreiben? Solange nur »ausgewählte Werke« erscheinen durften, wurde er benutzt. Jeder Leser mußte denken, der halbe Lenz sei der ganze; und hatten sie damit etwa unrecht? Was sich nicht zeigt, wird nicht gesehen.

Für Lenz mußte Schreiben ein Liebesverhältnis bleiben. Er wollte sich keiner Ideologie verkaufen. Die Frage, die ihn quälte, aber war: Hatte er diesem Liebesverhältnis seine Kinder geopfert? Waren seine Rechtfertigungsversuche vor ihnen nicht hilflose Ausflüchte?

»Schlimm?« Hahne griff nach dem Foto, und Lenz überließ es ihm, um schnell ein paar Schritte zu laufen. Als er merkte, daß er damit die anderen nervös machte, setzte er sich an einen der beiden schmalen

Tische vor den Zellenfenstern und drehte sich hastig eine Zigarette. Auf dem Fenstersims stand Coswigs erzgebirgisches Räuchermännchen. Coswig versah es mit einem neuen Stäbchen, ließ es qualmen und zündete auch die Kerze an, die ihm seine Frau geschickt hatte.

Breunig kam ebenfalls an den Tisch. Seine Gesichtsmuskeln zuckten, die Tränensäcke waren rot angeschwollen. Lenz sah nur kurz zu ihm hin, dann lehnte er den Kopf an die Wand und schloß die Augen. Ulla, die Kinder! In den letzten Jahren hatten sie viele schöne Weihnachtsfeste erlebt – die schönsten, wenn er von der Volksarmee nach Hause kam und Silke ihm entgegenlief, die kleine Tochter, die sich so freuen konnte. Später dann die Abende zu viert, Michael mit der Indianerhaube über seiner Eisenbahn, Silke über ihrem Malzeug. Eine richtige Heile-Welt-Familie waren sie gewesen, jeder war für den anderen da, jeder freute sich über die anderen drei ... Um so heftiger mußte die Kinder getroffen haben, was dann geschah. Erst die lange Fahrt mit dem Zug durch die ČSSR, Ungarn, Rumänien, schließlich Bulgarien und seine Verhaftung, danach das Leben mit Ulla im Hotel, immer unter Aufsicht. Am Ende der Rückflug nach Berlin, die Trennung von der Mutter, die Angst vor den vielen fremden Menschen. Ihre unendliche Hilflosigkeit, die zahllosen Verletzungen, die ihnen zugefügt wurden ...

Lenz hatte sich jene Szenen, an denen er nicht teilhatte, so oft vorgestellt, daß er noch viele Jahre später meinte, sie miterlebt zu haben. Die Ohnmacht, die diese Bilder während seines Gefängnisaufenthaltes in ihm verursachten, aber verstärkte nicht nur seinen Haß auf jene, die Ulla und ihn zu dieser Verzweiflungstat getrieben hatten, sie vertiefte auch seine Verachtung für jene anderen, die von diesen Tragödien wußten und sie stillschweigend hinnahmen. Auch er war nie ein Held gewesen, aber wenigstens hatte er unbequeme Fragen gestellt und nicht ja gesagt, wenn er nein dachte – unter den Deutschen bereits eine Tugend.

Hahne war es, der die Szene aufheitern wollte, Harry Hahne, der keine Kinder hatte, nur eine Verlobte in West-Berlin, die das zweite Bett sicher doch noch kommen lassen würde – für irgendeinen anderen. Hahne war Realist, in jeder Beziehung. »Knobeln wir ein bißchen«, schlug er vor und verteilte auch schon Streichhölzer. »Vom Heulen kriegen wir nur dicke Augen.«

Lenz nahm seine drei Streichhölzer, Coswig griff ebenfalls zu. Breunig wollte sich nicht ablenken lassen, wollte reden – über sich und seine Chance, bald entlassen zu werden. »In meinem Alter ... so was ...« Dicke Kindertränen liefen ihm über die blauroten Wangen, er mußte sich immer wieder schneuzen und sah dabei hilfesuchend mal Lenz, mal Coswig und mal Hahne an.

»Wird schon nicht so schlimm werden.« Coswig zwinkerte Lenz zu. »Bestimmt kriegen Sie 'nen Posten in der Werkzeugausgabe.«

Breunigs größte Sorge war, daß er im Strafvollzug körperlich arbeiten mußte; Steinbruchszenen geisterten durch seinen Kopf. Er wollte Coswig irgendwas erwidern, hatte den Mund schon geöffnet, da krachte der Riegel, die Tür flog auf. Hastig wollte Breunig hoch, rutschte vom Hocker, fiel lang hin, blieb liegen und weinte noch heftiger.

»Was 'n hier los?« Der Bandwurm stand in der Tür. Auch dieser Spitzname – wie alle anderen – paßte; länger, dünner, biegsamer und fieser als dieser immer irgendwie zu kurz gekommen wirkende Mann konnte kein Schließer sein.

»Er ist gestürzt. Sehn Se doch.« Coswig und Hahne bemühten sich um Breunig, halfen ihm auf die Beine und hielten den vor Aufregung zitternden Mann fest.

»234/3?«

»Hier!« Eilig zog Coswig sich seine Jacke an, fuhr sich durchs Haar und trat aus der Zelle.

»Was wollen die denn jetzt noch von uns?« wunderte sich Breunig, als der Schlüssel wieder aus dem Schloß war. So plötzlich sie gekommen waren, so schnell waren seine Tränen auch wieder versiegt.

»Na, was schon?« Hahne lachte spöttisch. »Bescherung! Der kriegt seinen bunten Teller, weiter nichts.«

»Ich weiß nicht, ich glaube, der hat ganz gute Kontakte nach oben.« Mit listigem Gesicht deutete Breunig zur Decke hoch.

Lenz mußte sich abwenden. Er haßte es, wenn Breunig dieses Ich-weiß-was-Gesicht machte. Kontakte nach oben – die hätte Breunig auch gerne gehabt, dafür hätte er alles getan, alles versprochen, alles geliefert, ganz egal, wer gerade »oben« war.

Hahne hatte richtig vermutet: Schon nach wenigen Minuten flog die Tür wieder auf und Coswig kam zurück – mit seinem bunten Teller in den Händen. Als nächster mußte Hahne hoch, als letzter Breunig. Als Breunig zurückkehrte, war es bereits später Nachmittag. Er strahlte, seine Goldzähne blitzten. »Man hat mir Mut gemacht. Meine Vernehmung ist bald abgeschlossen.«

»Na also!« Hahne nickte zufrieden, und auch Lenz lächelte Breunig zu. Er wußte nicht, was an dieser Meldung gut war, seiner Meinung nach würde Breunig mindestens vier Jahre bekommen, aber wenn Breunig sich beruhigt fühlte, um so besser. Dann machte er es ihnen die folgenden Tage über vielleicht etwas leichter.

Mit seinem bunten Teller auf dem Schoß setzte Breunig sich wieder zu Hahne, Lenz und Coswig und sah weiter zu, wie die drei jungen Männer miteinander knobelten. Die johlten nun, wenn einer richtig geraten hatte, redeten laut und flachsten viel. Je näher der Abend kam, desto bemühter waren sie, sich abzulenken; ein unbedachtes Wort, und das Elend war da.

Lenz hatte eine Glückssträhne, gewann fast jedes Spiel. Schon im Jugendheim und später bei der Armee schnitt er gut ab, wenn geknobelt wurde, an diesem Abend mußten sich mindestens drei Glücksgöttinnen um ihn gekümmert haben. Breunig wurde aufmerksam. »Schätzen Sie doch mal, wieviel ich bekomme«, bat er Lenz mit hoffnungsvollem Blick.

»Anderthalb Jahre«, log Lenz.

Hinter Breunigs Stirn arbeitete es. Anderthalb Jahre bedeutete, daß er bei guter Führung im Februar entlassen werden konnte, weil er dann die Hälfte der Strafe abgesessen hatte. »Meinen Sie wirklich?«

»Klar! Sie sind doch kein Politischer.«

Das kam eine Spur zu trocken. Breunig wurde mißtrauisch. »Aber auch kein Krimineller.«

Coswig grinste, Lenz sah auf seine Faust mit den Streichhölzern. Darauf wollte er Breunig lieber nicht antworten.

»Na ja!« stutzte Hahne den Alten zurecht. »Vielleicht werden es ja auch zwei Jahre oder drei, so genau weiß man das in unserem Rechtssystem nicht. Nur eins ist sicher: unsere Strafen liegen längst fest, wir müssen sie uns nur noch abholen.«

»Hör auf!« bat Lenz den langen Journalisten. Er sah es Breunig an, daß der einen so unsensiblen Umgang mit seiner zu erwartenden Strafe an diesem Abend nicht verkraften würde. Ihm selbst erging es ja auch nicht anders. Zwei, drei Jahre gab er sich; eine furchtbar lange Zeit. Wenn er die absitzen mußte, hieß das, zwei, drei Jahre die Kinder nicht sehen – ein unvorstellbarer Gedanke! Sie würden ihn danach kaum wiedererkennen, er würde ihnen fremd sein ... Wieder sah Lenz seine Kinder vor sich: Silke, neun Jahre alt, fast immer vergnügt, strahlende, vertrauensselige Augen, Michael, sechs, bißchen dicklich, tapsig, betulich, sehr weich. In einer plötzlichen Aufwallung sprang er auf, lief los, wußte nicht, wohin und warf sich schließlich auf seine Pritsche, die Augen starr an die Decke geheftet.

Breunig seufzte laut, dann legte auch er sich wieder hin. Den bunten Teller stellte er neben sich. Coswig und Hahne knobelten nach einer kurzen Pause leise weiter; zu zweit ein langweiliges Spiel.

Die Gründe für seine Flucht, die vielen Tropfen, die das Faß zum Überlaufen gebracht hatten, und die Flucht selbst, zum wievielten Male an jenem Abend dachte Lenz daran? Was sich in seinem Kopf abspielte, war nur noch die Wiederholung der Wiederholung der Wiederholung – und doch tat jede neue Reprise weh.

Beruflich hatte er nie große Probleme gehabt – abgesehen davon, daß er beim Außenhandel nicht vorwärtskam, weil er nicht in der Partei war. Was für andere Frust bedeutet hätte, ließ ihn kalt: Er schrieb ja! Nur wenn er nicht schrieb, packte ihn die Verzweiflung: Von der Wiege bis zur Bahre, alles war geregelt, alles in vorgefertigte Bahnen gelenkt; jasagen und mitmachen. Wer nicht mitmachte, sich nicht ins Westfernsehen flüchtete und in keiner Laubenkolonie privatisierte, mußte eines Tages im Gleichschritt der Langeweile zugrunde gehen.

Als die Reisen begannen, dachte er, nun würde alles besser. Es wurde schlimmer. Landete er nach sechs Wochen Welt wieder in Schönefeld, freute er sich schon vom Flugzeug aus: Die märkischen Seen, die Kiefernwälder, Berlin! Nach den Palmen, Tropenstränden, Tempeln und dem schmalen Leben in den Hotels endlich wieder zu Hause, Ulla, die Kinder. War er zwei, drei Wochen zu Hause, kam die Enge über ihn. Nicht die räumliche – an die Mauer hatte er sich in den letzten Jahren, soweit es ging, gewöhnt –, die geistige! Wie erdrückte ihn dieser von oben verordnete Horizont: Wir wissen alles, wir sind das Nonplusultra unserer Zeit; wer progressiv sein will, muß zu uns gehören; zweifeln verboten.

Er versuchte, sich durch Ausflüge in die Welt der Literatur, des Theaters und des Films zu retten, aber auch das funktionierte immer weniger. War das denn noch Kunst – oder nur Kunstfertigkeit? Und wenn dann die westlichen Kritiker das hellhörige DDR-Publikum auch noch dafür lobten, daß sie es so geschickt verstanden, kleine Spitzen aus den Werken ihrer Autoren herauszuhören oder herauszulesen, wurde die Verzweiflung übermächtig. Zwischen den Zeilen schreiben und darauf hoffen, daß der Leser die Geheimtinte entdeckte, der stellvertretende Kulturminister aber nicht? Das war Indianerspielerei unter Sklaven, da würde er nicht mitmachen, das überließ er anderen.

Er hätte versuchen können, seine Texte im Westen zu veröffentlichen, aber auch das wollte er nicht. Im Osten leben und auf der anderen Seite der Mauer gegen die hiesigen Lebensverhältnisse zu protestieren, erschien ihm unmoralisch. Beifall von Leuten, die seine Meinung nur teilten, soweit es gegen die DDR ging, erschien ihm nicht erstrebenswert; er wollte von keiner Seite benutzt werden, auch nicht von den Feinden seiner Gegner.

Die Flucht war eine Operation gewesen, ein radikaler Schnitt – und obwohl sie mißlungen war, der Tumor war draußen! Es tat zwar noch weh, irgendwann aber würde die Wunde vernarben. Hätten sie sich vor diesem Schnitt gedrückt, wären sie an der Krankheit zugrunde gegangen; um einen faulen Kern reift keine gute Frucht.

Der Vernehmer hatte auf Lenz' Vorhalte über die Gründe für seine und Ullas Flucht etwas von höheren Wahrheiten gefaselt – um des großen Ganzen willen müßten kleinere Ungerechtigkeiten in Kauf genommen werden. Lenz hatte darüber nur gelacht: Höhere Wahrheiten waren für ihn nichts anderes als zweckgebundene Lügen.

Er war ihnen schwergefallen, der Abschied von ihren Freunden, Bekannten und Verwandten. Um niemand zu gefährden, hatten sie von ihrem Plan nichts verlauten lassen dürfen. Bis zum letzten Tag hatten sie schauspielern müssen; das war demütigend gewesen. Ihr Plan selbst klang eher ungefährlich: Urlaubsreise nach Bulgarien, Ullas Familie treffen, mit den mitgebrachten Westpässen in die Türkei ausreisen. Kein Tunnel unter der Mauer, kein Stabhochsprung darüber hinweg, keine Flucht im Kugelhagel – nur andere, auf die eigenen Namen ausgestellte und mit aktuellen Fotos versehene Pässe in der

Tasche . . . Es hatte nicht geklappt, gleich bei der Ankunft in Burgas waren sie verhaftet worden. Wie es herausgekommen war, wußten sie nicht. Sie konnten nur Vermutungen anstellen; viel zu viele, um jeder einzelnen nachgehen zu können.

In dem unterirdisch angelegten Zellentrakt der kleinen Schwarzmeerstadt wurde es im Sommer sehr heiß, und Lenz war Ende August verhaftet worden. Die Zellen hatten keine Fenster, nicht mal Luftlöcher. Jene Zelle, in die er gesperrt wurde, war nur für zwei bestimmt; als die Tür hinter ihm zufiel, sah er, daß auf den beiden Strohsäcken schon drei andere lagen. Kahlrasiert und bis auf die Unterhosen nackt blickten sie ihm entgegen. Ein alptraumhaftes Bild, er wußte nicht, was er sagen sollte, stand nur da und sah die drei an. Bis einer von ihnen aufstand, ihm die Hand reichte und einen bulgarischen Namen murmelte. Nicht lange, und er saß ebenfalls in Unterhose auf einem der Strohsäcke und spielte mit dem, der ihm die Hand gereicht hatte, Mühle. Getrocknete Apfelkerne und Brotkugeln ersetzten die schwarzen und weißen Steine. Ein Ablenkungsmanöver! Der Glatzkopf wollte ihm helfen, er aber sah nur Ulla und die Kinder vor sich und verlor jedes Spiel. Sein Spielpartner saß ein, weil er aus Eifersucht auf einen Nebenbuhler losgegangen war – mit einem Messer. Der andere Bulgare hatte ein Restaurant geführt – »Restaurant Perla, du wissen? Schön Restaurant, groß Restaurant!« – und dabei in seine eigene Tasche gewirtschaftet. Der dritte Zelleninsasse war ein junger

Tscheche, hatte ebenfalls fliehen wollen – zur Mutter nach München. Jindra hieß er, lag meistens neben der Tür und versuchte, ein wenig von der etwas kühleren Luft einzuatmen, die durch den Spalt unter der Tür zu ihnen hineindrang. Ein Beatles-Fan, dieser Jindra, schwärmte von Coca Cola und Bravo-Heften; ein Kind ohne Mutter, ein netter Bursche, der niemandem Schuld an seiner Situation gab – außer sich selbst. Er, Jindra Soundso, hätte halt geschickter sein müssen.

Ein extremes Erlebnis. Das erstemal in seinem Leben saß Lenz im Gefängnis – und geriet gleich in eine solche Situation. Zum Glück blieb er nicht lange in dem mittelalterlich anmutenden Verlies. Schon am nächsten Tag wurde er von zwei Wachsoldaten nach Sofia gebracht. Im Zug. Die Leute, die aus- und einstiegen, sahen ihn neugierig an, er blickte weg. Vielleicht hielten die ihn für einen Raubmörder. Er dachte an Ulla und die Kinder und fragte sich, wo sie jetzt wohl steckten und ob es ihnen einigermaßen gutging.

In Sofia war die Zelle nicht größer und ebenfalls fensterlos. Einen ehemaligen bulgarischen Boxmeister, der im Westen Profi hatte werden wollen, traf er darin an und einen jungen Türken, der behauptete, aus Jugoslawien zu kommen. Dem Türken wurde vorgeworfen, den Liebhaber seiner Frau umgebracht zu haben – schon wieder eine Nebenbuhlergeschichte! – und danach nach Bulgarien geflüchtet zu sein. In der Türkei erwartete ihn die Todesstrafe, in Jugoslawien nur lebenslänglich. Eines Morgens spielte der Türke dem Wachpersonal vor, über Nacht erblindet zu sein, um in ein Krankenhaus gebracht zu werden. Auf dem Transport wollte er fliehen. Die bulgarischen Wachen lachten ihn aus: So dumm könne auch nur ein Türke sein.

Zwei Wochen blieb Lenz mit den beiden in diesem eigentlich nur für zwei Gefangene vorgesehenen Loch mit der Doppelpritsche von Wand zu Wand, auf der sie von morgens bis abends nebeneinanderlagen. Aufstehen war so gut wie unmöglich, zwischen Tür und Pritsche war nur Platz für den Pinkeleimer und die schmutzige Plastikkaraffe mit Wasser.

Lenz benutzte gleich die erste Vernehmung, sich über diese Art der Gefangenenunterbringung zu beschweren. Der bulgarische Vernehmer – freundlich, schnauzbärtig, dunkeläugig – zuckte nur die Achseln: Er könne nichts dafür, daß so viele Ausländer in Bulgarien straffällig wurden.

Zurück nach Berlin ging es mit dem Flugzeug, eine Maschine voller glatzköpfiger DDR-Flüchtlinge, die an der Grenze zur Türkei geschnappt worden waren. Lenz als einzigem hatte man die Haare gelassen. Warum, sollte er nie erfahren. Vielleicht mochte ihn der bulgarische Vernehmer, vielleicht war es nur Zufall; in Bulgarien erhielten alle Gefangenen Glatze geschnitten, aus hygienischen Gründen, wie es hieß.

In der Maschine herrschte Sprechverbot, zwischen jeweils zwei Häftlingen saß ein Stasi-Mann. Einige der Häftlinge traf Lenz später in der Strafvollzugsanstalt wieder, hörte ihre Geschichten, erzählte seine. Sie ähnelten sich sehr.

In Hohenschönhausen guckten sie ihm in den Hintern, ob er auch keine Maschinenpistole darin versteckt hatte, und sperrten ihn in eine freie Zweierzelle – im Vergleich zu seinen bulgarischen Erfahrungen eine Luxuszelle: sauber, geräumig, mit Waschbekken und eigenem Spülklosett. Am nächsten Morgen die erste Vernehmung durch das Jungengesicht. Lenz erklärte, zur Aussage bereit zu sein, aber natürlich wollte er zuvor einen Rechtsanwalt sprechen. Antwort: Gelächter und die Frage, ob er zu viele amerikanische Filme gesehen hätte. »Einen Rechtsanwalt sehen Sie erst, wenn Sie alles gestanden haben.«

Lenz hatte wirklich zu viele Filme gesehen und zu viele Bücher gelesen, in denen es einen Hauch Gerechtigkeit gab. Die Wirklichkeit, diese kaltschnäuzige Offenbarung, machte ihm Angst. Er versuchte zu leugnen – bis die Einsicht, daß selbst das Unbeweisbare in der DDR Beweis genug war, wenn nur die Staatssicherheit es behauptete, ihn resignieren ließ ...

Honecker veranstaltet für das diplomatische Korps eine Wildschweinjagd. Doch die Genossen Treiber spüren kein Wildschwein auf. Da setzt Honecker Stasi-Leute ein, die dann auch bald einen an den Läufen gefesselten Hasen heranschleppen. Was das solle? Antwort: Nach intensivem Verhör habe der Hase gestanden, ein Wildschwein zu sein ...

Er hatte über diesen Witz mal sehr lachen müssen, nun war der Witz Wahrheit geworden: Wer Wildschwein war und wer Hase, bestimmte die Stasi. Im Fall Ulla und Manfred Lenz ging das sogar sehr leicht; obwohl sie von der Grenze, über die sie verbotenerweise ausreisen wollten, noch über zweihundert Kilometer entfernt waren, galt der Tatbestand: Beim Versuch des illegalen Verlassens der Republik gefaßt. Seinen Einwand, daß sie sich die Flucht ja noch tausendmal aus dem Kopf hätten schlagen können, wurde mit der Begründung abgetan, allein der Plan zu einem solch gesetzwidrigen Vorhaben sei strafbar, die Ausführung Nebensache.

Eine seltsame Rechtsauffassung, für Lenz der letzte Beweis: Gewissensbisse, nach seiner Flucht eventuell auf die falsche Seite geraten zu sein, hätte er sich nicht machen müssen ...

»Freddie!« bat Hahne. »Jetzt reicht's.«

Er hatte recht. Lenz setzte sich wieder an den kleinen Tisch, nahm seine drei Streichhölzer in die Hand und zwang sich, weiter mitzuspielen. Hahne gewann, Lenz und Coswig machten den Verlierer unter sich aus. Lenz hatte Glück, und Coswig witzelte: »Herr Ober, eine Lage Bier – auf meine Rechnung!« Hahne verlangte Champagner; eine französische Marke, die Lenz nicht kannte. Niemand lachte; draußen war es längst dunkel geworden.

Breunig kam heran und bat Coswig um ein neues Räucherstäbchen. Mit zitternden Händen steckte er es an und sah zu, wie es in der gebogenen Pfeife des bunten Holzmännchens stinkend vor sich hin glimmte. »Ob es draußen noch schneit?«

Lenz öffnete die Luke zwischen den Glasbausteinen und streckte die Hand so weit es ging hinaus. »Viel zu warm«, sagte er, obwohl es draußen eiskalt war.

»Dann muß das Wetter umgeschlagen sein.« Unruhig wanderte Breunig in der Zelle auf und ab. »Zu Hause stecken sie jetzt die Christbaumkerzen an ...«

Stille. Niemand sagte etwas. Lenz sah Roberts Wohnzimmer vor sich, die Ecke, in der Jahr für Jahr der Tannenbaum stand. Dort saßen jetzt die Kinder. Er war dem Bruder dankbar dafür, daß er sich um sie kümmerte. Mehr zu erwarten wäre unbillig gewesen. Aber wie war den Kindern in diesem Augenblick zumute? Und Ulla! Irgendwo in diesem Zellentrakt saß sie jetzt, allein oder mit fremden Frauen, und natürlich dachte auch sie an die Kinder. Als Lenz das erste Weihnachtsfest ohne die Mutter verbrachte, hatte er am Heiligabend bitterlich heulen müssen – und niemand ihn verstanden. In der Küche hatte er gesessen, dreizehnjährig, und ein Mädchen kam, jünger als er. Sie glaubte, er weine, weil er mit seinen Geschenken nicht zufrieden war und versuchte, ihn zu trösten. Es gelang ihr nicht ...

Breunig seufzte laut auf und legte sich wieder hin. Kurz darauf drehte er sich zur Wand. Der Optimismus, der ihn erfüllte, als er mit seinem bunten Teller in die Zelle zurückkehrte, nun war er endgültig verflogen.

»Was machst du, wenn du drüben bist?« Hahne drehte für alle Zigaretten. »Arbeiten«, sagte Lenz. »Genau wie hier. Was denn sonst?«

»Baust du dir ein Haus?«

Hahnes Träume! Lenz schüttelte den Kopf. »Bestimmt nicht.«

»Und warum nicht? Willst du reisen?«

Ja, reisen wollte er. Wer wollte das nicht? Vor allem aber wollte Lenz schreiben, endlich schreiben. Ihm ging soviel im Kopf herum. Die ersten Wochen in Einzelhaft hatte er sich beim Hin- und Herlaufen einen Roman erzählt, in dem der »Erste Ehestandsschoppen« die Hauptrolle spielte: Winter 1943, vom S-Bahnhof kommend läuft der Vater die Prenzlauer Allee hinunter. Die Mutter erschrickt, als sie den Vater die Gaststätte betreten sieht, und fällt ihm um den Hals . . . Der Vater will seinen Sohn sehen und legt sich mit dem drei Monate alten Säugling auf die Couch . . . Mit der Wirklichkeit hatte Lenz' Geschichte nicht viel zu tun; sollte sie auch nicht. Daß er die richtigen Worte fand, beruhigte ihn. Spaßeshalber fragte er seinen Vernehmer, ob er was zu schreiben haben dürfe; er könne auf diese Weise die Zeit besser totschlagen.

»Im Knast Romane schreiben, Karl May spielen?« hatte das Jungengesicht frohlockt. »Soweit kommt's noch.«

Nein, soweit würde es bei der Stasi nie kommen. Das Wort Isolationsfolter war zu jener Zeit noch nicht geprägt worden, hätte Lenz es gekannt, hätte er in den Monaten seiner Einzelhaft darüber nachgedacht, ob es auf ihn zutraf.

»Und wenn sie dich nun gar nicht rüberlassen?«

Coswig fragte das, und Lenz war, als hätte Coswigs Blick etwas Lauerndes bekommen. Dachte der an seinen Auftrag, war er gerade dabei, wiedergutzumachen? Oder spann er, Lenz, sich nur ein, litt er bereits an Verfolgungswahn? Vielleicht vermutete Coswig ja von ihm dasselbe, vielleicht hielten sie sich alle gegenseitig für Spitzel. Er sah Coswig lange an. »Dann kauf ich mir ein Stück Pappe, schreib' drauf ›Ich bin ein Mensch‹ und stell' mich damit vors Brandenburger Tor.«

»Prima!« Coswig grinste. »Dann biste bald wieder im Knast.«

»Ob im großen oder im kleinen Knast, ist doch piepe!« Hahne verteilte die Zigaretten. »Freddie hat recht, so mach ich's auch. Und als Zugabe erzähle ich draußen jedem, der es hören will, wie's hier zugeht. Das können die sich gar nicht leisten, mich in ihre ruhmreiche DDR zu entlassen. Ich mach' die so kaputt, daß sie froh sind, mich los zu sein.«

Auch Hahne sprach, als hörte jemand mit – wenn kein Spitzel, dann vielleicht die Stasi selbst. Der Journalist vermutete schon seit langem, daß es in den Zellen Wanzen gäbe.

»Und deine Kinder?« Coswig hielt Lenz das brennende Zündholz hin. »Was ist, wenn sie nicht mitdürfen?«

Dann würde er auch nicht gehen. Das wußte Lenz,

darüber hatte er schon nachgedacht. Den Gedanken, vor diese Wahl gestellt zu werden, aber schob er lieber beiseite.

Erneut kam ihm Hahne zu Hilfe. »Die dürfen mit, die dürfen immer mit. Es sei denn, Freddie unterschreibt was anderes.«

Er würde nichts anderes unterschreiben, aber nun hatte Coswig sein Ziel erreicht, der Gedanke an jene Möglichkeit ließ sich nicht länger verdrängen. Zornig ging Lenz zum Angriff über. »Du steckst deinen Zeigefinger ziemlich tief in meine Wunde. Macht dir das eigentlich Spaß?«

Coswig wurde blaß. »Red' doch nicht so 'n Stuß.«

Sofort verspürte Lenz Mitgefühl. Vielleicht tat er Coswig ja unrecht, vielleicht war der wirklich nur aus Dummheit in diese Sache hineingeschlittert. Er nahm seinen bunten Teller vom Fenstersims und warf Bonbons nach dem ehemaligen Musiklehrer. »Schönen Gruß von Onkel Mielke, die grün eingewickelten sind vergiftet.«

Coswig zögerte kurz, dann griff er in seinen bunten Teller und erwiderte das Bombardement. Hahne mischte sich ein, bewarf mal Lenz, mal Coswig. Zum Schluß opferte er sogar seine Apfelsine. Als die Teller leer waren, krochen die drei Männer wie Kinder auf dem Linoleumfußboden herum, um neue Munition zu sammeln. Hinter den Pritschen versteckt, bewarfen sie sich weiter, jeder gegen jeden, und jeder Treffer wurde von mindestens zweien bejubelt. Breunig sah einmal kurz zu ihnen hin, dann drehte er sich wieder weg. Für diese Art von Verzweiflung hatte er kein Verständnis.

Als die Schlacht vorüber war, sammelten Hahne und Lenz alle Süßigkeiten ein und legten, was eingewickelt und damit noch brauchbar war, in einen der Pappteller. Den Rest warfen sie weg. Danach rauchten sie wie verschämt noch jeder eine Zigarette und beschlossen, den Heiligabend kurzerhand für beendet zu erklären. Was interessierte es sie denn, wie früh es noch war.

Coswig wusch sich als erster, nach ihm trat Lenz ans Waschbecken, als letzter Hahne. Breunig würde sich an diesem Abend sicher nicht waschen, dafür brauchte er dann am folgenden Morgen eine halbe Stunde; so war es immer, wenn er deprimiert war.

Als sie in ihren Betten lagen, begann Hahne übergangslos von seiner Westberliner Freundin zu erzählen. Er hatte seine Margot bei einem Treffen der Freien Deutschen Jugend kennengelernt. »Am nächsten Morgen habe ich ihr mein FDJ-Hemd geschenkt, und sie ist damit im Zimmer rumgerannt – ohne alles, nur den blauen Fummel mit der aufgehenden Sonne über dem nackten Hintern. Ein Bild wie aus einem sozialistischen Playboy.«

Sie sahen ihn wohl alle vor sich, diesen nackten Hintern, und natürlich lachten sie.

Auch Coswig erzählte, wie er seine Frau kennengelernt hatte: bei einer Ferienfahrt mit Schülern. Sie war die Kollegin für Sport und Mathe. »Turnen kann sie und rechnen, nur von Musik versteht sie nichts.

Ich hab' ihr am Lagerfeuer so lange Fahrtenlieder vorgesungen, bis sie weich wurde.«

Wieder lachten sie. Dann warteten Coswig und Hahne auf Lenz' Geschichte. Sie wurde die längste. Lenz hatte Ulla nicht einfach nur »kennengelernt«, es mußten mehrere Wunder geschehen, damit ihre Wege sich kreuzten:

Es war der 3. März 1962, er war achtzehneinhalb und lebte seit einem knappen halben Jahr in seiner Hinterhofwohnung im Prenzlauer Berg. An jenem Sonnabend mußte er zur Wehrerfassungsstelle ins Polizeirevier Pappelallee und sollte vier Lichtbilder mitbringen. Er legte auch vier Bilder vor, allerdings vier verschiedene, jedes mit mindestens einem Jahr Abstand vom anderen aufgenommen. Der Offizier blickte wütend hoch: Ob er ihn verarschen wolle?

Lenz hatte kein Geld für neue Paßfotos, hatte wieder mal kein Geld. Nicht mal die zwanzig Pfennig für die S-Bahnfahrkarte zur Insel raus hatte er. Und Charly und er wollten sich am Abend dort treffen, um im »Plänterwald« Fasching zu feiern . . .

Irgendwann glaubte ihm der Offizier. »Dann gehn Se jetzt mal sofort in die Winsstraße«, befahl er. »Da is 'n Fotograf, der macht die Aufnahme und stundet Ihnen die zehn Mark. Die Formulare füll'n Se hier aus, die Fotos schickt der Fotograf uns zu.«

Lenz füllte die Formulare aus und lief die Dimitroffstraße hinunter zur Winsstraße, während sich an den Straßenrändern bereits Menschentrauben bildeten: Nikita Chruschtschow, der sowjetische

Staats- und Parteichef, kam nach Berlin; Ulbricht holte ihn am Flughafen ab. Die hier Versammelten waren zum Fähnchenschwenken abkommandierte Betriebsbelegschaften und Schulklassen, die der unverhoffte Ausflug in blendende Laune versetzte; Fähnchenschwenken war angenehmer als Lernen an einem so schönen, sonnenüberfluteten Vorfrühlingstag.

Der Fotograf wunderte sich nicht über den seltsamen Auftrag. Er ließ Lenz eine Quittung unterschreiben und machte die Bilder. Auf dem Rückweg wurde Lenz aufgehalten; die Straße war jetzt völlig abgesperrt, der Wagenkonvoi mußte bald eintreffen. Er wartete und sah die beiden Staatsmänner vorüberfahren. Mit hocherhobenen Armen hielten sie sich an den Händen und winkten: Die deutsch-sowjetische Freundschaft, sie lebe hoch! Die Spalierbildenden klatschten und winkten zurück, irgendwo rief eine Schulklasse ihr eingeübtes: »Drushba! Drushba! Drushba!«

Als die Absperrung aufgehoben wurde, zottelte er weiter die Dimitroffstraße hoch und stieß an der Ecke Prenzlauer Allee auf Gerdchen Pisternik. Als Knirpse waren sie zusammen in eine Klasse gegangen, hatten sich geprügelt und wieder vertragen und sich nun schon eine Ewigkeit nicht mehr gesehen. Sie fragten sich über Zukunft und Vergangenheit aus, führten einander vor, wie erwachsen sie inzwischen schon waren, und schätzten einander heimlich ab: Was war aus dem anderen für einer geworden? Zum

Schluß versuchte Lenz, Gerdchen anzupumpen; er wäre zu gern am Abend zur Insel rausgefahren, auf ein trostloses Wochenende allein in seiner Wohnung hatte er keine Lust.

Pisternik war auch blank. Jedenfalls sagte er das. Sie verabredeten sich für irgendwann einmal und wußten beide, daß sie die Verabredung nicht einhalten würden. Dann schlenderte Lenz weiter, bog in die Dunckerstraße ein – und stand plötzlich vor einem Portemonnaie. Mitten auf dem Bürgersteig lag es. Er blickte sich um, die Straße war fast leer. Er hob das Portemonnaie auf und öffnete es. Ein Hundertmarkschein lächelte ihm entgegen; ein brandneuer Hundertmarkschein! Und etwas Kleingeld. Keine Adresse!

Mit dem Portemonnaie in der Hand blickte Lenz sich noch einmal um: Niemand, der suchend die Straße entlangkam, niemand, der auf ihn zustürzte und »He, Sie! Was haben Sie denn da eben aufgehoben?« rief. Da steckte er das Portemonnaie ein und ging schnell weiter.

Er gab das Portemonnaie nicht im Fundbüro ab. Das konnte man von einem, der keine zwanzig Pfennig in der Tasche hatte, nicht verlangen. Er fuhr am Abend zu Charly raus und lernte im »Plänterwald« Ulla kennen. Gleich nach dem ersten Tanz fragte er sie, ob sie ihn heiraten wolle. Sie wollte. Sie gingen zum Faschingsstandesamt, bezahlten, bekamen eine Urkunde und durften sich küssen. Ein Jahr später heirateten sie tatsächlich – Lenz war nicht mal zwanzig Jahre alt, Ulla gerade erst zwanzig geworden ...

Coswig und Hahne schwiegen, und auch Breunig, der ebenfalls zugehört hatte, vergaß für Minuten seine Sorgen. Diese Geschichte war etwas Besonderes, das spürten sie alle drei. Da hatte der liebe Gott seine Hand im Spiel gehabt oder wer sonst über das Schicksal einzelner Menschen bestimmte.

Zehn Jahre war das nun schon her, aber so richtig fassen konnte Lenz, was er den anderen eben erzählt hatte, noch immer nicht. Er war so lange allein gewesen – und plötzlich war jemand da, der ihn mochte. Als er mal ins Krankenhaus mußte, wurde er besucht, als er wieder aus dem Krankenhaus entlassen wurde, hatte Ulla seine Wohnung in Ordnung gebracht, die Möbel umgestellt und Blumen mitgebracht ... Es war wie im Märchen, und er glaubte, dieses Glück nicht verdient zu haben.

Die Stasi hatte Ulla und ihn auseinanderbringen wollen. Ulla war ebenfalls im Außenhandel beschäftigt gewesen. Ihr Vernehmer fragte sie beide das gleiche: Ob sie denn so sicher wären, daß der andere nicht ... Im Außenhandel ginge es doch lustig zu, heute der, morgen die; und erst in Leipzig, zu Messezeiten, wenn der Partner weit und die Gelegenheit günstig wäre ... Lenz hatte über diesen Versuch, wenigstens einen von beiden im Lande zu behalten und damit auch die Kinder zu gewinnen, nur grinsen können. Nicht, weil er sich Ullas so sicher war – dazu waren sie zu jung, um sich für alle Zeiten und Gelegenheiten sicher zu sein –, nur weil der Trick so einfallslos war.

»Geht die Geschichte noch weiter?« Breunig wünschte sich, mehr zu hören. Es gab so wenig Positives in seiner jetzigen Umgebung; Lenz' Geschichte wirkte wie ein Trost.

Die Geschichte ging noch weiter: Der gefundene Hundertmarkschein bedrückte den jungen Lenz. Er war nicht übertrieben ehrpusselig, hatte einfach Angst: Konnte ein gestohlenes Glück gut enden? Zwei Jahre später spazierte er mit Ulla die Dimitroffstraße hinunter – und verlor unweit der Dunckerstraße selbst Geld, sogar mehr als hundert Mark, einen Zwanzigmarkschein noch dazu. Zinsen! Er rief im Fundbüro an – und freute sich darüber, daß das Geld nicht abgegeben worden war, obwohl Ulla und er zu jener Zeit jede Mark dringend benötigten. Da er sein Geld nicht wiederbekam, durfte er das Gefühl haben, sich die hundert Mark an jenem 3. März vom Schicksal nur geliehen zu haben . . .

Coswig schüttelte den Kopf. »Ist ja 'ne irre Geschichte. Eigentlich kaum zu glauben.«

Lenz lächelte still in sich hinein. »Viele wahre Geschichten sind kaum zu glauben.« Es ging ihm nun viel besser, er war froh, daß er von Ulla erzählt hatte.

Am 2. Januar 1973 war die humane Weihnachtsphase vorüber. Lenz kam für weitere drei Monate in Einzelhaft. Anfang April 1973 wurden Ulla und er wegen versuchtem illegalen Grenzübertritt und staatsfeindlicher Verbindungsaufnahme vor Gericht gestellt und unter Ausschluß der Öffentlichkeit zu jeweils zwei Jahren und zehn Monaten Gefängnis verurteilt.

*

Der Unterschied

*

Weihnachten 1974 war die Familie Lenz wieder vereint. Im August 73 waren Ulla und Manfred Lenz nach einjähriger Haftzeit von der Bundesrepublik freigekauft worden, ein Jahr später entließ die DDR die Kinder zu ihren Eltern.

In einem Neubauviertel unweit von Frankfurt am Main lebten sie nun. Silke und Michael hatten zum erstenmal jeder sein eigenes Zimmer und waren stolz darauf. Auch sonst hatten sich die Kinder gut eingelebt. Michael kam in eine kleine, gemütliche Schule mit sehr freundlichen Lehrerinnen, Silke in eine große Gesamtschule, in der es ihr nicht so gut gefiel; aber das ging anderen Kindern ebenso. Ihre größte Freude war, daß sie von nun an beim Turnen anziehen durfte, was sie wollte; in Ost-Berlin war Einheitsturndreß vorgeschrieben gewesen. Und natürlich staunten beide über die Schaufenster der westlichen Geschäftswelt; in ihren Augen ein ewiger Weihnachtsmarkt.

Ulla und Manfred Lenz hatten in dem Vierteljahr viel mit ihnen geredet und ihnen die Wahrheit über ihre Trennung gesagt. Zwei Jahre waren eine lange Zeit im Leben von Kindern, und Silke und Michael hatten so manches Schlimme erlebt.

Dennoch gab es keine Entfremdung, die Kinder hatten die Jahre zuvor nicht vergessen. Vom ersten Tag an rissen sie sich darum, die Nacht im Bett der Eltern verbringen zu dürfen; Silke führte eine Strichliste, damit auch ja keiner zu kurz kam.

Eine schöne, neue Gemeinsamkeit, doch natürlich gab es Blicke, Bemerkungen, Nachdenklichkeit. Einmal, noch in der ersten Woche ihres Wiederbeisammenseins, fragte die nun elfjährige Silke: »Und wenn es euch hier auch nicht gefällt, geht ihr dann wieder weg?«

Lenz bemühte sich, den Kindern klarzumachen, weshalb ihre Eltern mit ihnen fliehen wollten. Natürlich gelang ihm das nicht. Politische Probleme, seine Schreiberei, das Wort Meinungsfreiheit – was sollten sie damit anfangen? Ulla hatte es einfacher. Die Geschichte vom Tod ihres Bruders, zu dessen Beerdigung sie nicht fahren durfte, bewegte die Kinder. Aber erklärt war die zweijährige Trennung damit auch nicht.

Schließlich sagte Lenz, was er die zwölf Monate in der Haft und auch während der Zeit danach oft gedacht hatte: daß Ulla und er den Preis für ihre Freiheit nicht gezahlt hätten, wenn sie ihn vorher gekannt hätten. »Wir waren dumm. Wir glaubten, es würde alles gutgehen.« Und er hoffte, daß die Kinder ihre Eltern eines Tages verstehen würden.

Ein einziges Mal in den Jahren der Trennung hatten Ulla und Manfred Lenz ihre Kinder im Heim besuchen dürfen. Es war eine Überrumpelungsaktion gewesen, die sie gleich nach ihrer Haftentlassung gestartet hatten. Sie waren einfach mit dem Zug von Frankfurt nach West-Berlin gefahren und dort über die Grenze gegangen. Entgegen ihrer Erwartung durften sie anstandslos passieren. Den Heimleiter kannte Lenz, der war schon in dem Kinderheim, in das er selbst eingewiesen wurde, Erzieher gewesen. Ob der untersetzte Mann ihn auch wiedererkannte, konnte er nicht feststellen.

Die Überrumpelung funktionierte. Hätten sie sich vorher angemeldet, hätten sie die Kinder sicher nicht sehen dürfen. An diesem Wochenende konnte der Heimleiter nirgendwo Auskünfte über eine gesetzlich vorgeschriebene Verhaltensweise einholen und stimmte der Begegnung schließlich zu. Die Kinder wurden geholt, und Ulla und Manfred Lenz durften in einem Raum mit ihnen allein bleiben. Natürlich gab es Tränen, natürlich erwachte in den Kindern sofort die Hoffnung, sie würden abgeholt. Das war das schwerste in all der Wiedersehensfreude, daß sie ihnen nicht sagen konnten: »Packt euer Zeug zusammen«, sondern daß sie die Kinder vertrösten mußten: »Bald. Bald.«

Silke hatte sie sofort erkannt und war gleich auf ihre Mutter losgestürzt. Der kleine Michael war auf Lenz zugelaufen, noch verwirrt, unsicher: Was passierte da?

Es war schön, und es war schlimm: Wie lange würden sie noch getrennt bleiben? Kinder erwarten von ihren Eltern, daß sie alles wissen, Lenz und Ulla wußten nichts. Als sie aus der Haft entlassen wurden, hatte man ihnen versichert, daß die Kinder bald nachkommen würden. Sonst wären sie nicht gegangen. Später versicherten ihnen auch die Behörden der Bundesrepublik immer wieder: »Weihnachten sind die Kinder wieder bei Ihnen.«

Das machte Hoffnung, es war ja schon September. Und dann waren die Kinder ja auch am nächsten Tag bei Robert zu Besuch angemeldet, ein zweites, heimliches Treffen sollte folgen. Das machte den Abschied an diesem Sonnabend leichter. Am nächsten Tag dann erneute Wiedersehensfreude, diesmal auf der Straße. Sie waren fast schon wieder vertraut miteinander.

Sie fuhren nicht gleich zu Robert, gingen erst noch ein bißchen spazieren, aßen in einem Restaurant zu Mittag. Dort wurde es zum erstenmal wieder lustig. Sie dachten wohl alle das gleiche: Ein Vierteljahr waren ja nur drei Monate, dreizehn Wochen oder neunzig Tage.

Robert war allein zu Hause. Die Schwägerin war vorsichtshalber gegangen. Sie wollte Lenz nicht sehen, warf Ulla und ihm vor, ihren Kinder etwas angetan zu haben, und hatte damit ja auch recht. Michaels Erzieherin hingegen, eine ältere Frau, hatte Ulla in einem unbeobachteten Moment zugeflüstert: »Machen Sie sich um die Kinder mal keine Sorgen. Was Sie getan haben, war richtig. Ich wünsche Ihnen viel Glück.« Fast ein Trost.

Die bundesrepublikanischen Behörden waren zu optimistisch gewesen, die DDR ließ sich Zeit, und so hockten Ulla und Manfred Lenz Heiligabend 1973 mit einer Flasche Weinbrand vor dem Fernseher, verzweifelt und voller Haß auf jenen Staat, der sie noch nachträglich schikanierte.

Ein ganzes Jahr dauerte die Bearbeitung der Ausreiseanträge für die Kinder. Und besucht werden durften sie nun auch nicht mehr, wie die Heimleitung Robert wissen ließ. Seit jenen beiden Treffen im September – auch das zweite Wiedersehen hatte man herausbekommen – wäre bei den Kindern eine gewisse Aufsässigkeit festzustellen. Eine normale Reaktion auf eine unnormale Situation, wie Lenz fand, und Ulla und er taten auch weiterhin alles, um die Kinder zu ermutigen. Briefe flogen hin und her, Fragen wurden gestellt, Zukunftsträume gesponnen. Dann, endlich, der Tag, an dem Ulla die Kinder abholen fuhr. Lenz konnte nicht mit, mußte für die Firma ins Ausland. Immer wieder hatte er die Reise hinausgeschoben, um nur ja da zu sein, wenn die Nachricht kam. Eine Woche bevor sie kam hatte er die Gesprächstermine festlegen müssen; jede weitere Verzögerung hätte ihn den Job gekostet.

Eine Reise in die Vergangenheit: Bukarest. Hier hatten sie Station gemacht auf ihrer Reise nach Bulgarien, in jenem Sommer vor zwei Jahren. Nun war Lenz wieder in dieser Stadt, und Ulla in Ost-Berlin. Es war erneut Sommer, und ein sehr heißer dazu. Lenz' Gespräche waren unergiebig: Die rumänischen Geschäftspartner hätten alles brauchen können, was er ihnen anzubieten hatte – die Medizintechnik des Landes war veraltet, moderne Geräte fehlten an allen Ecken und Enden, aber eben auch Devisen. Er kam sich nutzlos vor und war in Gedanken in Ost-Berlin. In seiner Freizeit spazierte er endlos lange durch die staubigen, sonnenüberfluteten Straßen der Stadt und malte sich sein Wiedersehen mit den Kindern aus.

Dann der Rückflug, seine Ungeduld, das Wiedersehen an der Wohnungstür, die Tränen, die Freude, das Glück. Wenn es große Momente gibt im Leben, dieser war einer.

Die Kinder waren froh, dem Heim entronnen und wieder bei den Eltern zu sein. Ihre Kinderzimmer begeisterten sie. Ulla und Manfred Lenz hatten sie eingerichtet, lange bevor die Kinder kamen. Die Freude über ihr Beisammensein aber konnte die Bitterkeit in Lenz und Ulla nicht hinwegschwemmen: Das letzte Jahr ihrer Trennung war das schlimmste gewesen.

Jetzt sollte Weihnachten gefeiert werden. Und wie! Alles sollte wiedergutgemacht werden, die Kinder waren erhitzt vor Zukunftsfreude. Ein Tannenbaum, der bis zur Decke reichte, wurde gekauft, jede Menge Süßigkeiten, Geschenke und was für die Pfanne. Seit seiner Kindheit hatte Lenz nicht mehr solche Vorfreude auf dieses Fest empfunden, war er nicht mehr so aufgeregt gewesen.

Am Heiligabend-Vormittag wurde der Baum geschmückt. Jeder wollte helfen, es gab Streit, die Aufgaben mußten verteilt werden. Danach kochte Lenz

Hühnersuppe, vor der Bescherung wurde noch ein Spaziergang gemacht. Alles wie früher; die Kinder erinnerten sich gut daran. Leider schneite es nicht, wie Silke und Michael es sich gewünscht hatten.

Vor der Bescherung mußten die Kinder in ihren Zimmern bleiben: Lenz spielte den Weihnachtsmann. Er verkleidete sich nicht, das hatte er auch früher nie getan, er klopfte nur laut an die Tür, rief mit verstellter Baßstimme laut »Hoho! Hoho!«, wie die Kinder es mal in einem amerikanischen Weihnachtsfilm gesehen hatten, und stapfte laut durch den Flur. Ulla sagte: »Guten Tag, lieber Weihnachtsmann«, und: »Ja, die Kinder waren artig«, und: »Auf Wiedersehen, lieber Weihnachtsmann!« Für eine solche Prozedur waren die Kinder inzwischen viel zu alt, aber sie hatten sich auch das gewünscht: Alles sollte wieder so sein, wie es mal war. Also stellte Lenz im Radio Weihnachtsmusik ein, Ulla schaltete das Licht aus und die elektrische Tannenbaumbeleuchtung ein, und die Kinder wurden gerufen. Strahlend und schöngemacht, ihre Geschenke in den Händen, traten sie ein.

Es war zuviel, was die Kinder geschenkt bekamen, aber an diesem Abend mußte das so sein. Auch die übervollen bunten Teller; Michaels Wunsch: bunte Teller, die so voll waren, daß alles runterfiel.

Lenz fotografierte die Unmengen Abfallpapier und die Kindergesichter über den Sektgläsern, Silke neben dem Tannenbaum, Michael neben dem Tannenbaum, Ulla neben dem Tannenbaum und – mit

Selbstauslöser – alle vier über den Tellern mit dem Kartoffelsalat. Es wurde ein schönes Weihnachtsfest, Lenz erinnert sich gern daran. Und doch spürt er, denkt er an jenen Abend zurück, noch immer die Unruhe, die in ihm war. Er konnte nicht einfach dort weitermachen, wo sie vor zwei Jahren aufgehört hatten. Hatte diese Trennung denn sein dürfen? War das wirklich ein gutes Ende?

Ulla und er hatten einiges hinter sich, seit sie aus der Haft entlassen worden waren. Sie hatten keine rosaroten Träume gehabt, kannten den Westen: Ulla war in Frankfurt aufgewachsen, erst, als sie siebzehn war, nahm ihr Vater sie mit in die DDR; Lenz war bis zu seinem achtzehnten Lebensjahr viel in West-Berlin gewesen. Sie waren informiert, hatten sich immer interessiert für das Leben auf der anderen Seite, wußten in vielen Dingen besser Bescheid als angestammte Bundesbürger. Und doch, manches hatte sie nachdenklich werden lassen.

Da waren die ersten Wochen in jenem Taunusstädtchen. Sie waren bei Ullas zweitältestem Bruder untergekommen; das war einfach gewesen, dafür mußten sie dankbar sein. Die Kleinstadtwelt jedoch machte sie unsicher. Gleich am zweiten Abend war eine Party angesetzt, bei Freunden, schon lange zuvor geplant. Sie hatten nicht mitgehen wollen, fühlten sich nicht in Stimmung nach einem Jahr Gefängnisaufenthalt und in Gedanken daran, daß die Trennung von den Kindern noch andauerte. Sie wurden überredet. Ablenkung täte not. Lenz fürchtete einen Abend voller Fragen über ihre Erlebnisse – und wurde enttäuscht. Er hätte darüber froh sein müssen und war es nicht. Es war nicht Taktgefühl, das sie verschonte, es war Desinteresse. Man wollte tanzen, lustig sein, einen schönen Abend verleben; traurige Geschichten paßten da nicht hinein. Lenz beobachtete diese Menschen, die so ganz anders waren als jene, mit denen er bisher verkehrt hatte, und hatte zum erstenmal das Gefühl, nicht nur einen Staat gewechselt zu haben, sondern einen Kontinent. Sie sprachen alle deutsch, doch sie redeten nicht wirklich miteinander; wenn sie sich unterhielten, plätscherte es nur; »Gespräche« wurden bewußt vermieden.

Jeder Staat erzieht sich seine Bürger, jedes Volk schafft sich seinen Staat. Lenz hatte das Gefühl, von den Duckmäusern unter die Schaumschläger geraten zu sein. Alles Bunte war ein wenig zu bunt, alles Laute ein wenig zu laut; Zwischenfarben und Zwischentöne waren nicht gefragt. Ob Gruppensex erlaubt sei oder nicht, war ein wichtiges Thema, Tüchtigkeit und Geldverdienen gehörten auch dazu. Das Klischeebild vom selbstzufriedenen Bundesbürger, das in der DDR im Umlauf war, hier stimmte es: Sage mir, wieviel Geld du hast, und ich sage dir, wer du bist. Womit du dein Geld machst, ist nicht wichtig; der Schein bestimmt das Bewußtsein – der Geldschein und der Anschein, den du dir gibst.

Weitere Partys folgten, sie konnten sich nicht entziehen und erfanden für sich ein Spiel: Was wäre aus der oder dem in der DDR geworden? Und was aus dem einen oder anderen DDR-Bekannten, wäre er hier aufgewachsen? Wie weit bestimmen wir unser Schicksal, und wie weit bestimmt es über unsere Persönlichkeit? Sie erkannten, daß in jedem Duckmäuser auch ein Schaumschläger steckte und in jedem Schaumschläger ein Duckmäuser. Welche Veranlagung die Oberhand gewann, entschied die Umgebung, in der man aufwuchs. Abgesehen von jenen wenigen, die überall abseits standen, waren sie alle anpassungsfähig.

Einmal in jener Zeit rief Lenz einen westdeutschen Bekannten an. Er hatte ihn auf der Leipziger Messe kennengelernt, sie hatten sich sympathisch gefunden. Beide lasen sie gern, beide waren sie an deutschdeutschen Problemen interessiert, beide waren sie junge Familienväter. Viele Abende hatten sie in Leipzig miteinander verbracht. Lenz wollte nur mal kurz hallo sagen, bin jetzt hier, vielleicht sieht man sich mal. Am anderen Ende der Leitung erst große Überraschung, dann ein lautes Willkommen, danach eine leise, sehr ungenaue Verabredung. Die Angst, er erwarte, daß was für ihn getan würde, Lenz spürte sie deutlich. Noch am gleichen Abend strich er die Adresse aus seinem Notizbuch.

Bei den Verwandten konnten sie nicht lange bleiben, schon gar nicht im Hinblick darauf, daß ja irgendwann die Kinder kommen würden. Eine Wohnung wurde gesucht und bald auch gefunden. Die privaten Vermieter waren nett zu den Ostflüchtlingen, die ja sozusagen direkt aus dem Gefängnis kamen. Bei den Mietvertragsverhandlungen nutzten sie allerdings Lenz' Unerfahrenheit im westlichen Mietrecht aus und hauten ihn hart übers Ohr. In der Unsicherheit jener Tage warf Ulla ihm das vor, zweifelte an ihm. Er zweifelte selbst an sich. Zwei Jahre Volkshochschule und vier Jahre Fernstudium hatte er hinter sich – und jetzt arbeitete er auf dem Bau, karrte Steine. Die kleine Straßenbaufirma hatte ihn als »Kaufmännischen Leiter« eingestellt; leider fielen kaum kaufmännische Arbeiten an. Also fuhr er mit auf den Bau – und sein Gehalt wurde gekürzt. Lenz versuchte, wieder in seinem Beruf unterzukommen, dazu jedoch brauchte er einen Führerschein; ohne Führerschein war man im Westen wie beinamputiert. In der DDR hatte er nie daran gedacht, sich einen Wagen zuzulegen – wozu auch, in Berlin gab es S-Bahn, Straßen- und U-Bahn, und auf einen PKW wartete man Jahre –, jetzt ging er zur Fahrschule. Er lernte schnell – und fiel dreimal durch die Fahrprüfung. Die Selbstzweifel machten ihn unsicher.

Auch Ulla hatte ihre Probleme. In der DDR war sie auf eine gewisse Weise gleichberechtigt gewesen, hier hieß es »Manfred Lenz und Frau«. Nirgendwo mußte sie selbst unterschreiben, es genügte, wenn ihr Mann für sie zeichnete – außer bei Ratenkrediten. Außerdem suchte sie ebenfalls Arbeit. Auf eine Annonce hin rief jemand sie an, von einer großen Möbeltischlerei, wie er sagte. Er fragte sie nach allem möglichen und bestellte sie schließlich zum Vorstellungsgespräch. In der Möbeltischlerei wußte niemand etwas von einem Vorstellungsgespräch. Wahrscheinlich ein Scherz. Tief beschämt und wütend kehrte Ulla nach Hause zurück. Schließlich fand sie dann doch noch Arbeit – in einer Kurklinik. Die Ärzte verdienten bombastisch, sie, Sekretärin und Sachbearbeiterin mit fünfzehn Jahren Berufserfahrung, blieb unterbezahlt. Wenig später, als sie fluchtartig wegzogen aus dieser Gegend, wäre nicht nur ein weitaus höheres Gehalt, sondern auch ein Dienstwagen möglich gewesen. Erste Erfahrung: gute Arbeitskräfte sind nur dann was wert, wenn sie sich ihres Werts nicht nur bewußt sind, sondern ihn auch zu verkaufen verstehen.

Für kurze Zeit sah es aus, als wäre Lenz' Ulla-Märchen nun zu Ende, ihre Liebe bekam Risse. Ullas Zweifel an ihm erweckten in ihm ebenfalls Zweifel. Sie erschien ihm ängstlich, wankelmütig und schuldzuweisend. Er fand sich fehl am Platze. Die westlichen Werte waren nicht seine Werte, er würde sich ihnen nicht beugen. Was er hier erlebte, war die kleinbürgerliche Welt seiner Kindheit, in die wollte er nicht zurück.

Natürlich gab es auch andere Menschen, solche, mit denen Lenz sich später anfreunden sollte, in jener Bundesrepublik seiner ersten Wochen und Monate fand er sie nicht. Als Ulla und er ihre Flucht planten, dachten sie, in die Willy-Brandt-Republik zu kommen, doch sie spürten nichts von jenem Aufbruch, den sie erwartet hatten. Erst sehr viel später sollten sie Lust darauf bekommen, an und in dieser Republik mitzuarbeiten; einfach, weil es kein besseres Deutschland gab.

Jene ersten Wochen und Monate in der neuen Heimat verbucht Lenz heute unter »Erfahrung«; sicher angenehmere Erfahrungen als jene, die Ulla und er bei der Stasi machten, aber nicht minder wertvolle. Das merkte er spätestens, als er sich – mit Führerschein – auf Arbeitssuche begab.

Zuerst stellte er sich bei einer Versicherung vor. Die hatten groß annonciert; er war neugierig, wollte wissen, was dahintersteckte. Wohlhabend ausgestattete Büros empfingen ihn, ein seriöser, graumelierter Herr redete auf ihn ein. Einer, der so ehrlich aussehe wie Lenz, müsse unbedingt bei ihnen anfangen. »Sie verkaufen den Leuten doch ein Wassergrundstück mitten in der Wüste!« Lenz fuhr mal mit einem seiner zukünftigen Kollegen mit, sah sich an, was der machte, hörte zu, wie er redete, erfuhr dann auch – bei einem Glas Bier –, was er dachte: Die Welt will beschissen sein; wer sie seriös bescheißt, ist ein Ehrenmann.

In der Exportfirma, in der Lenz vielleicht angefangen hätte, nahm man ihn nicht: Im Gefängnis habe er drüben gesessen? Nun ja, das sei nicht gerade die beste Empfehlung. Natürlich, er habe nichts gestohlen, sei nur politischer Häftling gewesen, dennoch irgend etwas bleibe halt immer hängen. Brüder und Schwestern in der Zone galt hier nicht.

In einer ähnlichen Firma zweifelte man an seiner Qualifikation. »Ökonom sind Sie? Was ist denn das?

Hat das was mit Landwirtschaft zu tun?« Ja, und dann komme er ja aus der Planwirtschaft. Sicher, wenn er die westlichen Länder bearbeitet habe, kenne er sich auf dem westlichen Markt aus, trotzdem, er solle das nicht mißverstehen, irgendwie sei er doch ein Risiko. Wieder woanders glaubte man, einer, der aus der DDR kam, verfüge über perfekte Russisch-Kenntnisse. Er mußte sie enttäuschen und steckte die dritte großzügige Aufwandsentschädigung ein.

Zum Schluß gab er eine Annonce auf, eine nach bundesrepublikanischen Maßstäben viel zu brave Annonce. Er brachte es nicht fertig, sich als »jung, dynamisch und perfekt« anzupreisen, blieb sachlich und erwartete kaum Zuschriften. Es kamen auch nur wenige. Eine darunter ließ ihn schmunzeln: »Hansea-Pharma«, eine Firma, der er von der DDR aus Medizintechnik verkauft hatte. Medizintechnik war seine Spezialstrecke, das hatte er studiert, auf diesem Gebiet hatte er was zu bieten. Er fuhr hin, wurde freundlich begrüßt und sofort eingestellt – als Fachmann für Osteuropa. Daß er »drüben« im Gefängnis gesessen hatte, verschwieg er. Er sei auf dem Wege der Familienzusammenführung in den Westen gelangt, fertigte er alle diesbezüglichen Fragen ab. Seinetwegen würde die »Hansea« nicht auf die weitere Zusammenarbeit mit der DDR verzichten. Er zitterte ein wenig, daß die Lüge entdeckt werden könnte, aber er schämte sich nicht dafür, merkte bald, daß die »Hansea« ihn auch betrog. Er wußte nicht, was einer mit seiner Qualifikation für ein Gehalt zu beanspruchen hatte, die Firma nutzte das aus: er arbeitete voll, sie zahlten ihm nur zwei Drittel. Es brauchte Jahre, bis er sich Hunderter um Hunderter dem Gehalt näherte, das ihm eigentlich von Anfang an zugestanden hätte. Seine Schuld, daß er sich nicht vorher informiert hatte; sein Versagen, daß er so gutgläubig auf Fairneß gesetzt hatte; seine Dummheit, daß er noch nie etwas vom Vertragspoker gehört hatte.

Ansonsten war die »Hansea« nicht so knickerig. So manch einer der Chefärzte, die bei dieser Firma einkauften, wurde dafür mit fünf Prozent Umsatzbeteiligung belohnt – bei einigen Millionen Mark Umsatz im Jahr keine Kleckerei, aber für die »Hansea« kein Beinbruch: Das war drin im Preis, die Krankenkassen – und damit die Versicherten – zahlten das. Auch die Bewerber für die höheren Posten und Pöstchen kassierten ab, obwohl ihre Kenntnisse oft so schmal waren, daß sie – gegen eine gute Abfindung selbstverständlich – bald wieder entlassen werden mußten, wie jener »Director for Export«, der, wie es sich später herausstellte, kein Englisch sprach, aber sich im Einstellungsgespräch blendend verkauft hatte.

Lenz erfuhr schnell, wofür Geld da war in der freien Marktwirtschaft und wofür nicht – vor allem nicht fürs Finanzamt. Übelstes Beispiel war die Praxis, Pharmaware gerade noch rechtzeitig vor dem Verfallsdatum in die Dritte Welt zu spenden. So konnte der Wert der Ware »wenigstens noch« von der Steuer abgesetzt werden. Ihm wurde schlecht bei diesem Geschäftsgebaren, seinen Kollegen trübte es weder den Appetit noch den Blick für das eigene kleine Reihenhäuschen, das sie sich gerade bauten. Sie fanden ihn nicht in Ordnung, den seriösen Beschiß, aber: »Die Konkurrenz macht's genauso. Wenn wir nicht mitmachen, gehen wir pleite. Wollen Sie, daß Hunderte von Leuten auf der Straße stehen, nur damit Sie ein reines Gewissen haben?« Natürlich wollte Lenz das nicht.

Was Lenz das Hineinfinden in diese Art von Geschäft zusätzlich erschwerte, war ein älterer Kollege, der glaubte, Lenz sei als sein Nachfolger eingestellt worden. In seiner Angst durchwühlte der Alte immer wieder Lenz' Schreibtisch, hoffte, ihm irgendeinen Fehler nachweisen zu können, der ihn schnell wieder auf die Straße beförderte. Lenz brauchte lange, den Alten davon zu überzeugen, daß er nicht sein Nachfolger war, sondern etwas Neues aufbauen sollte. Als der Alte ihm endlich glaubte, wurde er etwas freundlicher. Dennoch erzählte er weiterhin überall herum, Lenz habe keine Ahnung vom Geschäft, und man müsse auf ihn aufpassen, schließlich habe die DDR im Westen doch überall ihre Spitzel. Es war die Zeit der Guillaume-Affäre, die den Bundeskanzler Brandt stürzte, das Mißtrauen saß tief, und Lenz hatte bis zu einem gewissen Grad sogar Verständnis dafür. Der Alte jedoch zielte unter die Gürtellinie, es war nicht leicht für Lenz, ihm nicht mit gleicher Münze heimzuzahlen; vor allem, weil es so einfach gewesen wäre: der Kollege schlief regelmäßig gegen Mittag an seinem Schreibtisch ein.

Bulgarien, Rumänien, Polen, die ČSSR, Ungarn – das waren Lenz' neue Reisegebiete. Überall war man freundlich zu ihm, überall hielt man die Hand auf. Die reiche Westfirma sollte was Privates hineinlegen, umsonst wollte man auch im real existierenden Sozialismus nicht arbeiten. Es war interessant für Lenz, die gleichen Menschen aus einer neuen Perspektive kennenzulernen; manchmal schämte er sich dabei für jene, die ihm noch immer sehr nahe waren, manchmal schämte er sich für sich. Sonst konnten Ulla und er sich nicht beschweren: Ihr Verdienst reichte aus für die Vier-Zimmer-Wohnung im fünften Stock des schwarzen Hochhauses, in dem sie lebten, seitdem sie die Kleinstadt verlassen hatten, genügte für Essen, Kleidung, Möbel auf Kredit und eine Urlaubsfahrt mit den Kindern ins Salzkammergut, wenn erst die großen Ferien heranwaren. Da das Private ihnen zu jener Zeit das wichtigste war, waren sie zufrieden.

Diese äußere Zufriedenheit bestimmte das gesamte Jahresende 1974, und so ging der Heiligabend lange. Die Kinder hatten sich gewünscht, selbst zu entscheiden, wann sie schlafen gehen wollten. Leichtsinnigerweise hatten Ulla und Lenz dem zugestimmt. Also sprang Silke noch nach Mitternacht von einem Geschenk zum anderen, ließ Michael seine neue Eisenbahn immer weiter im Kreis fahren. Irgendwann machte er etwas kaputt, und Lenz war froh, mal schimpfen zu dürfen. Er befürchtete, daß Ulla und er aus ihren Schuldgefühlen heraus liebedienerisch zu den Kindern werden und damit neue Schuld auf sich laden könnten.

Erst gegen zwei Uhr morgens fielen den Kindern endlich die Augen zu, und sie konnten sie zum Schlafen bringen. Als danach auch Ulla und er ins Bett gegangen waren, lag Lenz noch lange wach und stand irgendwann wieder auf, um im Wohnzimmer an einer der Geschichten weiterzuschreiben, die er begonnen hatte, als die Kinder noch im Heim waren: Kindergeschichten. Er wußte selbst nicht, wie es über ihn gekommen war. Irgendwann, aus seiner Ohnmacht heraus, hatte er etwas für die Kinder tun wollen und ihnen eine Geschichte geschrieben – über einen dreizehnjährigen indonesischen Betteljungen, den er auf seinen Reisen kennengelernt hatte, einen Jungen, der mit einem Affen auf dem Kopf durch die Straßen zog und einen lustigen Bettelspruch vorzubringen hatte: »No Mama, no Papa, no Television.« Eine harte Geschichte – die kleine Schwester des Jungen stirbt an Unterernährung, sein älterer Bruder wird zum Verbrecher.

Weil er diese Erzählung seinen Kindern nicht als erstes vorlesen wollte, wenn sie erst wieder beisammen waren, hatte er eine neue begonnen, eine lustige, in der es um ein Königreich namens Usambara ging. Eine friedliche Revolution fegt eine betrügerische Regierung hinweg – jede Ähnlichkeit mit der friedlichen Revolution, die fünfzehn Jahre später einmal Wirklichkeit werden sollte, war rein zufällig, doch erwünscht.

Jene harte Geschichte war wahr und deshalb verletzend und beunruhigend, die *wollte* Lenz schreiben, weil er glaubte, daß auch Kinder beunruhigt werden sollten; die lustige war Satire auf das, was hinter ihm lag, die *mußte* er schreiben. Ob er seine Geschichten aber jemals würde veröffentlichen können?

Lenz hatte seinen Kindern schon bald nach ihrer Ankunft aus diesen Geschichten vorgelesen, doch Silke und Michael spürten, daß das keine Geschichten nur für sie waren, und verhielten sich abwartend; so wie er selbst. Er lebte nun in einer Gesellschaft, in der er alles schreiben durfte und in der alles gedruckt wurde – wenn es nur verkäuflich war. Eine politische Zensur gab es nicht, allein der Markt hielt den Daumen hoch oder zeigte nach unten. Die mutigen, meist alternativen Verlage, die sich um den Markt nicht kümmerten, erfüllten nur Alibifunktionen. Trotzdem: Wenn Lenz jetzt schrieb, verspürte er Hoffnung. Er wußte, daß er etwas zu sagen hatte und daß es Menschen gab, die erfahren wollten, was er mitzuteilen hatte. Kein Staat, der ihm noch hineinredete, nur der Markt. Mit dem aber traute er sich zu, fertig zu werden.

*

Geteilte Freude

*

Lenz wollte erst nicht zum Brandenburger Tor. Es war ihm zu viel Wirbel um die Öffnung gemacht worden. Ulla sagte ihm, daß er das vielleicht einmal bereuen würde. Die Gesichter der Menschen aus Ost und West, was sie empfanden, wenn sie zum erstenmal seit achtundzwanzig Jahren wieder durch jenes Tor gingen, dieser Anblick wäre schon einen Spaziergang wert.

Sie wollten Weihnachten 89 durcharbeiten. Die Kinder würden dieses Jahr nicht nach Berlin kommen. Silke hatte geheiratet und die Wohnung bei Frankfurt übernommen, Michael lebte noch immer in Bremen, der Stadt, in der er bis zum Sommer 89 seinen Zivildienst abgeleistet hatte.

Es war ein Jugendroman über das Berlin von 1932/33, über dem Lenz saß und bei dem Ulla ihm half. Als Lenz daran schrieb, wurde um ihn herum das Wort Sozialismus demontiert, seine Helden glaubten noch daran.

Ulla schaffte es, Lenz zu überreden. Am späten Abend würde er sowieso nicht schreiben; er ging mit, in Abwehrhaltung.

Vor anderthalb Jahren waren sie nach Berlin zurück gezogen. Lenz hatte Heimweh gehabt. Er war keiner von denen, die sich auf Dauer überall wohl fühlten, brauchte Reizklima, in West-Berlin fand er es. Wie sehr es ihn reizen würde, hatte er aber nicht geahnt, als er nach fünfzehn Jahren in den westlichen Teil seiner Heimatstadt zurückkehrte; niemand hatte das geahnt.

Seit seiner Haftentlassung war Lenz immer wieder in der DDR gewesen, er hatte Robert besucht und alte und neue Freunde und war durch die Straßen seiner Kindheit spaziert. Noch im September, als er mit Ostberliner Freunden über den Lustgarten schlenderte, hatte er gesagt, daß auch jener Teil der Stadt *sein* war, daß ihm den niemand nehmen könne. Nur ein paar Wochen später mußte Honecker gehen, und seine Nachfolger versuchten, die Macht für sich zu retten, indem sie die Grenze öffneten; ein Ereignis wie aus einem utopischen Roman.

Lenz war nicht in Berlin an jenem 9. November, so wie auch achtundzwanzig Jahre zuvor nicht, als die Mauer gebaut worden war. Offenbar wollte ihn das Schicksal bei bestimmten Ereignissen nicht dabeihaben. Die Nachricht erreichte ihn am 10. November gegen Morgen, er war auf Lesetournee: Schulklassen, Bibliotheken, Buchhandlungen. Der Jubel im Autoradio, die aufgeregte Stimme des Reporters, die bewegenden Worte des Westberliner Bürgermeisters – Lenz fuhr rechts ran, stellte den Wagen ab und heulte ungeniert. Später, in der Bibliothek, las er eine Erzählung, die den 13. August 1961 zum Inhalt hatte. Seine Zuhörer waren fünfzehnjährige Jungen und Mädchen, die ihm interessiert lauschten, bewegt waren sie nicht.

Waren sie zu jung – oder lebten sie zu weit weg? In der Diskussion nach der Lesung versuchte Lenz herauszufinden, was seine Gesprächspartner über die Nachkriegsgeschichte wußten. Das Ergebnis erinnerte ihn an jene Frage, die ihm jüngere Kinder oft stellten, wenn sie erfuhren, daß er aus der DDR kam: »Wann sind Sie denn eigentlich nach Deutschland gekommen?« Er nahm den Kindern diese Frage nicht übel, wieso sollten sie klüger sein als die Sportreporter von ARD und ZDF, die die Bundesrepublik ebenfalls mit Deutschland gleichsetzten. Geduldig erklärte er immer wieder die Zusammenhänge, die zur Teilung Deutschlands geführt hatten. An diesem Tag fielen ihm die Worte schwer. Er sehnte sich heim, wollte mitfeiern. Nur weil er so diszipliniert war, brach er die Tournee nicht ab. Als er dann Ende November von seiner Reise heimkehrte, hatte sich die Euphorie bereits gelegt. Verbrüderungsszenen zwischen den Berlinern aus beiden Teilen der Stadt fanden nicht mehr statt; die Westler schimpften über zu volle Geschäfte und den Trabbi-Gestank in ihren Straßen, die Ostler bangten vor der Invasion der Westler, wenn erst der Zwangsumtausch an der Grenze entfiel. Die Mauer-Idylle war beendet, durch die Stadt fegte wieder der Wind, daran mußte man sich in Ost und West erst gewöhnen. Lenz' Freude stand über den Dingen.

Kurz vor Weihnachten war die Stimmung wieder

gestiegen. Wenn es je einen Grund gab, das Fest zu feiern, dann in diesem Jahr, in dem die Stadt wiedergeboren wurde; neue Träume wurden wach und alte neu gesponnen. Lenz und Ulla beglückwünschten sich dazu, rechtzeitig heimgekehrt zu sein.

Der 24. Dezember war ein sehr milder, fast warmer Tag. Den Wunsch nach Schnee, wie er sonst fast jedes Jahr spätestens an diesem Tag erwachte, hegte niemand; zu abwegig war der Gedanke bei diesen Temperaturen und zu abgelenkt waren die Menschen. Lenz fuhr langsam durch die abendlich stille Stadt und machte ein paar Bemerkungen über das Wetter. Ulla ließ ihn reden. Sie spürte seine Unruhe und wußte, daß sie ihm nicht helfen konnte.

Die Parkplätze neben dem Reichstag waren überfüllt, auch an den Straßenrändern standen die PKW dicht an dicht – westliche und östliche Fabrikate. Lenz zwängte seinen Wagen in eine Lücke – Parkverbote galten an diesem Abend sicher nicht – und ließ sich mit Ulla im Strom der Passanten Richtung Brandenburger Tor treiben. Das letzte Mal waren Ulla und er im Oktober hiergewesen: eine Stadtführung für eine Kollegin aus Österreich, die zum erstenmal in Berlin war. Von einer Aussichtsplattform hatten sie durch das Brandenburger Tor hindurch zur Straße Unter den Linden hinübergeschaut. Die Kollegin war sehr berührt. So hätte sie sich eine geteilte Stadt denn doch nicht vorgestellt, sagte sie, die Mauer ginge ja tatsächlich mitten hindurch . . .

Lenz bemühte sich, Ullas Auflage zu erfüllen und den Menschen in die Gesichter zu schauen. Was dachten sie? Waren sie so froh, wie die Medien berichteten? Als das Tor vor zwei Tagen wieder geöffnet wurde, hatte es einen Begeisterungstaumel gegeben. War noch was davon vorhanden – oder hatte sich die frohe Stimmung bereits verflüchtigt? Lenz glaubte, Hoffnung ausmachen zu können, und fand sie berechtigt.

Eine westliche Firma hatte einen riesigen Tannenbaum gestiftet. Die elektrischen Kerzen brannten. Ein schöner Anblick, dieser Werbegag der freien Marktwirtschaft direkt vor dem mit Scheinwerfern angestrahlten Tor.

»Hörst du's schon?« Ulla lachte. Sie meinte das Hämmern der Mauerspechte, das durch die Dunkelheit zu ihnen hindrang und immer lauter wurde, je näher sie kamen. Überall an der Mauer wurde gehämmert, links vom Brandenburger Tor und rechts. Mit Hammer und Meißel hieben die Menschen auf das unselige Bauwerk ein, Männer und Frauen, Kinder und Jugendliche. Was sie herausschlugen, kleine und größere Mauerbrocken, verkauften sie an die Touristen oder behielten sie für sich – zur Erinnerung an jene denkwürdigen Tage. Ein ganz Cleverer klopfte nicht selbst an der Mauer herum, verlieh nur die Werkzeuge. Halbe Stunde fünf Mark. Die östlichen Grenzpolizisten, viele Jahre durch unbewegte Mienen unangenehm aufgefallen, standen locker auf der Mauer herum, erzählten sich was oder scherzten mit den Passanten. Immer wieder hörte Lenz die Worte: »Wenn mir das einer vor einem Vierteljahr gesagt hätte . . .« Oder: »Da denkste, du träumst.« Oder: »Is ja Wahnsinn!«

Das Normale war Wahnsinn. Wo bis vor kurzem geschossen wurde, wenn wer von Ost nach West fliehen wollte, herrschte auf einmal tiefster Frieden. »Berlin, nun freue dich«, hatte der Westberliner Bürgermeister ausgerufen, als das Tor wiedereröffnet wurde, und der westdeutsche Bundeskanzler hatte mit seinem unnachahmlichen Wimpernaufschlag dazu gestrahlt, als hätte er diesen Deal mit dem lieben Gott persönlich ausgehandelt. In Wahrheit hatte die Entwicklung in Osteuropa die Politiker auf beiden Seiten des eisernen Vorhangs überrollt, und der Mann, der dieses Wunder zuließ, saß im Kreml, dort, wo es einst am kältesten war im kalten Krieg.

Lenz war nicht undankbar. Auch für ihn war es ein Geschenk, nach so vielen Jahren wieder durch dieses Tor spazieren zu dürfen. Kein Zweifel, er freute sich, konnte er doch nun wieder ohne Umstände in beiden Hälften seiner Stadt leben und auch in die Umgebung fahren, die ihm von Kindheit an vertraut war. In seine Freude aber mischte sich ein bitterer Beigeschmack. Was hier stattfand, war nicht nur eine Neugeburt, das war auch eine Beerdigung. Zuvor war jene Idee, die hier beerdigt wurde, vierzig Jahre lang vergewaltigt worden, jetzt war sie tot. Sollte er neben einer Leiche jubeln? Lenz hatte kein Mitleid mit ihr, sie hatte schon lange gestunken, mußte endlich unter die Erde, aber schließlich war auch sie mal jung und voller Hoffnung gewesen. Nein, er vermochte die Wehmut der westdeutschen Linken nicht nachzuempfinden, die sich von der DDR eine Alternative versprochen hatte – er wußte seit vielen Jahren, daß die Verblichene keine gewesen war –, er bedauerte allein die Menschen, die zu Verlierern geworden waren, weil sie keine andere Chance bekamen – es sei denn, sie verließen ihr Land –, und er trauerte um jene vierzig Jahre, die so nutzlos verstrichen waren. Sie hatten nichts gebracht, außer Opfer, Tränen und Wut; wie sollte er neben aller Freude da nicht auch Zorn empfinden?

Das Brandenburger Tor! In der mittleren Durchfahrt, die bis 1918 dem Kaiser vorbehalten war, blieb Lenz stehen und spottete über sich: »Ab jetzt darfste Wilhelm zu mir sagen.«

Ulla spielte mit: »Fein – Willi!«

Wann hatte Lenz das letztemal hier gestanden? Als Kind, als Zehn-, Elf- oder Zwölfjähriger, war er hier durchgelaufen. Später nicht mehr; hinter dem Brandenburger Tor lag der Tiergarten, weit und breit keine Geschäfte oder Kinos wie am Gesundbrunnen oder rund ums Schlesische Tor. Damals jedoch, da war er sich ganz sicher, hatte er nicht an dem Bauwerk hochgeschaut, hatte er nicht Geschichte gespürt; jetzt spürte er sie. Vor wenigen Tagen erst hatte er das Kapitel überarbeitet, in dem er Hitlers Fackelzug durchs Brandenburger Tor schilderte. Jahre zuvor hatte er einen Roman über die

Novemberrevolution 1918 geschrieben. Da waren die heimkehrenden Soldaten durch dieses Tor gezogen. In einem autobiographisch gestalteten Kinderroman hatte er berichtet, wie er als Zehnjähriger den 17. Juni 1953 miterlebte und Ostberliner Arbeiter durch dieses Tor nach West-Berlin hinübermarschierten. Kein gutes Geschick, das die Geschichte dieses Bauwerks bestimmt hatte; bis zurück zu Napoleon nichts als eine Serie von Niederlagen. Und jetzt? Was erlebte er jetzt mit? Einen Sieg, wie von so vielen behauptet, eine Niederlage, wie von der Minderheit befürchtet?

Beides. Eines bedingte das andere. Aber er, auf welche Seite der Front gehörte er? Fühlte er sich den Siegern zugehörig, wie der Bundeskanzler oder die Bild-Zeitung? Stand er wie sie in der Sonne und mokierte sich über Honecker und Ceauşescu und all die anderen? Das war ihm zu billig; die Niederlage solcher Gegner ließ keinen Jubel zu. Wer ehrlich war, mußte ratlos sein; wer behauptete, das Paradies auf Erden errichtet zu haben, log; wer die Mängel des eigenen Systems mit den größeren Mängeln des anderen verdeckte, war ein Schwindler.

Wie fast immer in seinem Leben fand Lenz sich auch an jenem Abend zwischen den Fronten wieder, war Sieger und Verlierer und keines von beidem. Ein Gefühl, mit dem er zu leben gelernt hatte. Nicht leben aber konnte er nach wie vor mit der Heuchelei. Die widerte ihn an – und grassierte doch in jenen Tagen in Ost und West wie nur einmal zuvor in der deutschen Geschichte, in jenem Jahr 1945, als die Katastrophe zu Ende ging, deren Anfänge er zur Zeit beschrieb. Die Sieger im Westen und die Mitmacher, Mitläufer und Nutznießer im Osten, die nun, Tränen in den Augen, vorgaben, doch stets nur das Gute gewollt und Schlimmeres verhütet zu haben, er wußte nicht, was zu mehr Übelkeit Anlaß bot. Die schnellen Entschuldigungen im DDR-Fernsehen, wie kamen ihm diese Floskeln der Schuldigen und Schuldlosen bekannt vor; es waren die ewig gleichen Rettungsversuche der ewig gleichen Leute; Menschen, die an jedem Knochen nagten, den man ihnen hinwarf, und es danach nicht gewesen sein wollten.

Nein, Lenz gehörte nicht zu den Gewinnern; auch er hatte verloren, vor vielen Jahren das erste- und nun das zweitemal. Er nahm die Niederlage an, entkam ihr nicht, nur weil er früher als andere nicht mehr mitgespielt hatte in jenem grotesken Theaterstück, das sich Sozialismus nannte und doch nur Funktionärsbürokratismus war. Eine Vision war gestorben, wo aber blieb ihre Nachfolgerin? Kein Licht am Ende des Tunnels.

»Komm!« Ulla zog Lenz an der Hand über den Pariser Platz, hin zu jener Stelle, an der bis vor kurzem jedes Weitergehen in Richtung Westen verboten war. Hier hatten sie 1972 – vor über siebzehn Jahren! – ihre Kinder fotografiert: von Ost nach West. Die Flucht war bereits geplant, abschiednehmend waren sie noch einmal spazierengegangen. Sie wußten ja nicht, ob oder wann sie jemals wieder hier spazierengehen würden. Inzwischen hatten sie das schon oft getan, aber da kamen sie vom S-Bahnhof Friedrichstraße, vom Osten her, jetzt waren sie vom Tiergarten mitten durch das Brandenburger Tor spaziert; das hatte eine andere Bedeutung.

Hätten sie dableiben sollen damals? Bedeutete nicht der Exodus der Unbequemen den wahren Ausverkauf der DDR? Ulla sagte nein. Bleiben hätte Opfer bedeutet, über siebzehn Jahre Opfer – und das für wen? Etwa für die schweigende Mehrheit, die jetzt plötzlich mutig geworden war? Zu ihrer Zeit wäre eine solche Revolution nicht möglich gewesen, damals hätte niemand mitgemacht, und außer langjährigen Freiheitsstrafen für alle Helden wäre auch nichts dabei herausgekommen. Damals fehlten alle Bedingungen für diesen Mut – vor allem der Mann im Kreml.

Sie gingen weiter die Linden entlang, immer in Richtung Alexanderplatz, ein Spaziergang ins Weißt-du-noch.

Kaum eine Straßenecke, an der sie vorüberkamen, mit der Lenz keine Erinnerungen verbanden. Als Kind war er ein großer Stadtwanderer gewesen, hatte viele Straßen abgeklappert, mal mit dem einen Freund, mal mit einem anderen. Zwei dieser Jungen von damals hatte er vor wenigen Tagen wiedergetroffen – nach über fünfunddreißig Jahren. Die beiden Männer, jetzt um die fünfzig, hatten ihm von jenem Jungen aus der Kneipe erzählt, der er mal war, und von seiner Mutter, die sie beide sehr gemocht hatten. Lenz hatte sich gerne mit den beiden unterhalten, bis zum frühen Morgen hatten sie am Biertisch gestanden und erzählt, von damals und heute, Lustiges und Ernstes, und dabei unentwegt auf den belebten Kurfürstendamm hinausgeblickt. Die beiden Freunde hatten sich sehr wohl gefühlt an diesem Abend; was hatten sie nicht alles versäumt in jenen achtundzwanzig Jahren hinter der Mauer!

An der Staatsoper klebte ein Zettel, ungelenke Handschrift auf weißem Papier. *Rote raus! Ausländer raus! Deutschland einig Vaterland der Deutschen.*

Lenz fröstelte es.

Ulla rückte näher an ihn heran. In letzter Zeit bestand eine Art vertiefter Liebe zwischen ihnen; es war gut, daß keiner von beiden allein war, jetzt, da die Kinder ihre eigenen Wege gingen.

Vor der Buchhandlung Unter den Linden blieb Lenz längere Zeit stehen. Die Schaufenster waren nicht erleuchtet, trotzdem waren die Titel der ausgestellten Bücher zu erkennen.

Er mußte an seine DDR-Kollegen denken, und ihm fiel ein, daß Brecht einmal vorgehabt hatte, ein Stück über Rosa Luxemburg zu schreiben. Er tat es nicht, weil er sonst »in bestimmter Weise« gegen seine Partei hätte argumentieren müssen, wie er um 1952 in seinen »Schriften zum Theater« bekennt: »Aber ich werde doch den Fuß nicht abhacken, nur um zu beweisen, daß ich ein guter Hacker bin.« So müssen sie alle gedacht haben, jene haupt- und nebenberuflichen Staatsautoren, die jetzt um beide

Füße fürchteten; dieser eine jedoch, den sie nicht opfern wollten, war ein Klumpfuß gewesen, das hätten sie erkennen und zugeben müssen, um den anderen zu retten. Helden schon jene, die sich wenigstens mal unter der Sohle kratzten.

Lenz fragte sich in diesen Tagen oft, ob er sich sein Urteil nicht zu leicht machte. Doch dann hörte er von einem DDR-Schriftsteller, der ein Buch umschreiben wollte, weil er zuvor nicht die ganze Wahrheit berichtet hatte. Er hörte von anderen, daß sie nicht wüßten, ob sie jemals wieder aus dem verkrampften Lohnschreiberstil, in dem sie vierzig Jahre lang Propaganda illustrierten, herausfinden könnten. Er erfuhr von der Sorge um das Einkommen, das ihnen die auftraggebende Partei so lange und großzügig gezahlt hatte, und begriff: Wie sollten sie sich über die neugewonnene Freiheit und die damit verbundene Herausforderung freuen, sie, deren Ziele längst einer anerzogenen Beamtenmentalität zum Opfer gefallen waren?

Helden der Revolution? Nein, das waren sie nicht, die Kollegen aus der DDR. Wer das behauptete, log sie hoch. Sehr, sehr wenige, die zuvor den Mund aufgemacht hatten, nicht sehr viele, die es danach wagten. Traurig, aber beweisbar.

Auch jene Kirchengruppen, die den ersten Protestdemonstrationen die Würde der friedlichen, von aller Welt bewunderten Revolution verliehen, waren nicht die wirklichen Helden ihrer Revolution, nicht der Motor jener Geschehnisse, so gern Lenz ihnen den Titel gegönnt hätte. Nicht sie hatten das Regime ins Wanken gebracht, nicht sie hatten Druck ausgeübt – es waren die zahlreichen Flüchtlinge des Sommers, war die Jugend, die diesem früh verkalkten Staat noch immer davonlief.

Dennoch hatte es mutiger Menschen im Lande bedurft – und zum Glück hatte es sie auch gegeben. Die Leipziger »Heldenstädter«, die inzwischen auf Nationalismus machten, und die schnell gewendete dritte Reihe der SED-Führung, die so flugs alle Last den Sündenböcken aus den ersten beiden Reihen aufbürdete, profitierten von dem Mut der Wenigen, denen nun so viele folgten. Die Männer und Frauen aber, die eine Vision hatten, kämpften schon jetzt um ihr politisches Überleben, während jene, die bislang nur leise gemeckert und anklagend auf die leeren Schaufenster der Obst- und Gemüsegeschäfte gewiesen hatten, nun die aufrechten Widerstandskämpfer spielten. Die Betrügereien ihrer ehemaligen Führer erregten sie – Mauer, Schießbefehl und die Verhaftung von Andersdenkenden hatten sie jahrzehntelang stillschweigend geschluckt. Lenz verlangte von niemandem, den Helden zu spielen; er war ja selbst keiner. Es hatten auch nicht alle weggehen können, so wie er es getan hatte; was er verlangte, war nur Ehrlichkeit, wenigstens jetzt.

Sie schlenderten am Palast der Republik vorbei, der nun sicher bald einen anderen Namen bekommen oder für eine andere Republik stehen würde, gingen am Marstall vorüber und durchquerten das

Nikolaiviertel. Immer wieder stießen sie dabei auf Straßen und Plätze, die in Lenz' Romanen und Erzählungen eine Rolle spielten, und erinnerten sich gegenseitig an die betreffenden Szenen. Für Lenz lebten seine Helden; er sah sie jene Wege gehen, die er ihnen vorgezeichnet hatte, und begleitete sie dabei. Er sei nur traurig, sagte er scherzhaft zu Ulla, daß seine Helden ihn nicht kannten. Er hätte gern gewußt, was sie von ihm hielten.

»Sie hätten dich gemocht«, antwortete Ulla leise, »ganz sicher hätten sie dich gemocht.«

Eine Liebeserklärung! Lenz blieb stehen und küßte seine Frau. »Bist du neugierig?« fragte er sie dann.

»Worauf?«

»Auf das, was geschehen wird.«

Sie lachte. »Ich habe mich entschieden, glücklich zu sein, weil das gut für die Gesundheit ist.« Ein Wort, das Voltaire zugeschrieben wurde, und das auch Lenz gefiel. »Gut«, sagte er. »Dann laß uns nach Hause gehen. An meinem Schreibtisch bin ich am glücklichsten.«

Über den Alexanderplatz und die Karl-Liebknecht-Straße spazierten sie zurück zum Brandenburger Tor, füllten ihre Zählkarten aus, passierten die Kontrolle und sahen den Mauerspechten ein Weilchen bei der Arbeit zu. Einer von ihnen, ein lustig aussehender Bursche mit einem Staubgesicht, bot Lenz einen frisch herausgebrochenen faustgroßen Brocken an: »Fuffzig Mark. Weil heute Weihnachten ist.«

Lenz gefiel der Junge, trotzdem winkte er ab. »Ich trag mein Stück Mauer schon lange mit mir herum.«

»Wo?« Der Bursche wollte sich nicht auf den Arm nehmen lassen.

Lenz zeigte erst auf sein Herz, dann auf seinen Kopf. Der Bursche verstand nicht. Mußte er auch nicht. Wenn er nur weiter an der Realität herumklopfte, wenn er nur weiter auf so kluge Weise sein Geld machte, wenn er nur weiter so lustig grinsen würde.

*

Nachbemerkung

Die Episoden »Die kleine Kneipe«, »Die halbe Stadt« und »Bescherung« entstanden zwischen 1986 und 1988, »Der Unterschied« und »Geteilte Freude« zwischen Februar und April 1990.

Satz und Druck: Richard Wenzel, Goldbach
Bindung: Osswald & Co, Neustadt
Typografie: Angelika Richter, Mainz
Umschlaggestaltung: Wolfgang Rudelius, Bubenheim
Printed in Germany 1990
ISBN 3 7632 3809 3